PETIT PAYS

GAËL FAYE

PETIT PAYS

roman

BERNARD GRASSET
PARIS

L'éditeur remercie Catherine Nabokov
d'avoir contribué à la publication de cet ouvrage.

Photo de la jaquette : Byron Hirsch/EyeEm/Gettyimages

ISBN : 978-2-246-85733-4

Pour Jacqueline

PROLOGUE

Je ne sais vraiment pas comment cette histoire a commencé.

Papa nous avait pourtant tout expliqué, un jour, dans la camionnette.

– Vous voyez, au Burundi c'est comme au Rwanda. Il y a trois groupes différents, on appelle ça les ethnies. Les Hutu sont les plus nombreux, ils sont petits avec de gros nez.

– Comme Donatien ? j'avais demandé.

– Non, lui c'est un Zaïrois, c'est pas pareil. Comme Prothé, par exemple, notre cuisinier. Il y a aussi les Twa, les pygmées. Eux, passons, ils sont quelques-uns seulement, on va dire qu'ils ne comptent pas. Et puis il y a les Tutsi, comme votre maman. Ils sont beaucoup moins nombreux que les Hutu, ils sont grands et maigres avec des nez fins et on ne sait jamais ce qu'ils ont dans la tête. Toi, Gabriel, avait-il dit en me pointant du doigt, tu es un vrai Tutsi, on ne sait jamais ce que tu penses.

Là, moi non plus je ne savais pas ce que je pensais. De toute façon, que peut-on penser de tout ça ? Alors j'ai demandé :

– La guerre entre les Tutsi et les Hutu, c'est parce qu'ils n'ont pas le même territoire ?

– Non, ça n'est pas ça, ils ont le même pays.

– Alors... ils n'ont pas la même langue ?

– Si, ils parlent la même langue.

– Alors, ils n'ont pas le même dieu ?

– Si, ils ont le même dieu.

– Alors... pourquoi se font-ils la guerre ?

– Parce qu'ils n'ont pas le même nez.

La discussion s'était arrêtée là. C'était quand même étrange cette affaire. Je crois que Papa non plus n'y comprenait pas grand-chose. À partir de ce jour-là, j'ai commencé à regarder le nez et la taille des gens dans la rue. Quand on faisait des courses dans le centre-ville, avec ma petite sœur Ana, on essayait discrètement de deviner qui était Hutu ou Tutsi. On chuchotait :

– Lui avec le pantalon blanc, c'est un Hutu, il est petit avec un gros nez.

– Ouais, et lui là-bas, avec le chapeau, il est immense, tout maigre avec un nez tout fin, c'est un Tutsi.

– Et lui, là-bas, avec la chemise rayée, c'est un Hutu.

– Mais non, regarde, il est grand et maigre.

– Oui, mais il a un gros nez !

C'est là qu'on s'est mis à douter de cette histoire d'ethnies. Et puis, Papa ne voulait pas qu'on en parle. Pour lui, les enfants ne devaient pas se mêler de politique. Mais on n'a pas pu faire autrement. Cette étrange atmosphère enflait de jour en jour. Même à l'école, les copains commençaient à se chamailler à tout bout de champ en se traitant de Hutu ou de Tutsi. Pendant la projection de *Cyrano de Bergerac*, on a même entendu un élève dire : « Regardez, c'est un Tutsi, avec son nez. » Le fond de l'air avait changé. Peu importe le nez qu'on avait, on pouvait le sentir.

Il m'obsède, ce retour. Pas un jour sans que le pays ne se rappelle à moi. Un bruit furtif, une odeur diffuse, une lumière d'après-midi, un geste, un silence parfois, suffisent à réveiller le souvenir de l'enfance. « Tu n'y trouveras rien, à part des fantômes et un tas de ruines », ne cesse de me répéter Ana, qui ne veut plus jamais entendre parler de ce « pays maudit ». Je l'écoute. Je la crois. Elle a toujours été plus lucide que moi. Alors je chasse cette idée de ma tête. Je décide une bonne fois pour toutes que je n'y retournerai plus. Ma vie est ici. En France.

Je n'habite plus nulle part. Habiter signifie se fondre charnellement dans la topographie d'un lieu, l'anfractuosité de l'environnement. Ici, rien de tout ça. Je ne fais que passer. Je loge. Je crèche. Je squatte. Ma cité est dortoir et fonctionnelle. Mon appartement sent la peinture fraîche et le linoléum neuf. Mes voisins sont de parfaits inconnus, on s'évite cordialement dans la cage d'escalier.

Je vis et travaille en région parisienne. Saint-Quentin-en-Yvelines. RER C. Une ville nouvelle, comme une vie sans passé. Il m'a fallu des années pour m'intégrer, comme on dit. Avoir un emploi stable, un appartement, des loisirs, des relations amicales.

J'aime faire des rencontres sur Internet. Des histoires d'un soir ou de quelques semaines. Les filles qui sortent avec moi sont toutes différentes, plus belles les unes que les autres. Je m'enivre à les écouter parler d'elles, à sentir le parfum de leurs cheveux, avant de m'abandonner totalement dans le coton de leurs bras, de leurs jambes, de leurs corps. Aucune d'entre elles n'oublie de me poser la même question lancinante, toujours au premier rendez-vous, d'ailleurs. « De quelle origine es-tu ? » Question banale. Convenue. Passage quasi obligé pour aller plus loin dans la relation. Ma peau caramel est souvent sommée de montrer patte blanche en déclinant son pedigree. « Je suis un être humain. » Ma réponse les agace. Pourtant, je ne cherche pas à les provoquer. Ni même à paraître pédant ou philosophe. Quand j'étais haut comme trois mangues, j'avais déjà décidé de ne plus jamais me définir.

La soirée se poursuit. Ma technique est bien huilée. Elles parlent. Elles aiment que je les écoute. Je m'imbibe. Je m'inonde. Je me submerge d'alcool fort et me débarrasse de ma sincérité. Je deviens un chasseur redoutable. Je les fais rire. Je les séduis. Pour m'amuser je reviens sur la question des origines. J'entretiens volontairement le mystère. On joue au chat et à la souris. Je réponds avec un cynisme froid que mon identité pèse son poids de cadavres. Elles ne relèvent pas. Elles veulent de la légèreté. Elles me regardent avec des yeux de biche. J'ai envie d'elles. Parfois, elles se donnent à moi. Elles me prennent pour un original. Je ne les amuse qu'un temps.

Il m'obsède, ce retour, je le repousse, indéfiniment, toujours plus loin. Une peur de retrouver des vérités enfouies, des cauchemars laissés sur le seuil de mon pays natal. Depuis vingt ans je reviens ; la nuit en rêve, le jour en songe ; dans mon quartier, dans cette impasse où je vivais heureux avec ma famille et mes amis. L'enfance m'a laissé des marques dont je ne sais que faire. Dans les bons jours, je me dis que c'est là que je puise ma force et ma sensibilité. Quand je suis au fond de ma bouteille vide, j'y vois la cause de mon inadaptation au monde.

Ma vie ressemble à une longue divagation. Tout m'intéresse. Rien ne me passionne. Il me manque le sel des obsessions. Je suis de la race des vautrés, de la moyenne molle. Je me pince, parfois. Je m'observe en société, au travail, avec mes collègues de bureau. Est-ce bien moi, ce type dans le miroir de l'ascenseur ? Ce garçon près de la machine à café qui se force à rire ? Je ne me reconnais pas. Je viens de si loin que je suis encore étonné d'être là. Mes collègues parlent de la météo et du programme télé. Je ne les écoute plus. Je respire mal. J'élargis le col de ma chemise. J'ai le corps emmailloté. J'observe mes chaussures cirées, elles brillent, me renvoient un reflet décevant. Que sont devenus mes pieds ? Ils se cachent. Je ne les ai plus jamais vus se promener à l'air libre. Je m'approche de la fenêtre. Le ciel est bas. Il pleut un crachin gris et gluant, il n'y a aucun manguier dans le petit parc coincé entre le centre commercial et les lignes de chemin de fer.

Ce soir-là, en sortant du travail, je cours me réfugier dans le premier bar, en face de la gare. Je m'assois devant le Baby-foot et je commande un whisky pour fêter mes trente-trois ans. Je tente de joindre Ana sur son portable, elle ne répond pas. Je m'acharne. Compose son numéro à plusieurs reprises. Je finis par me rappeler qu'elle est en voyage d'affaires à Londres. Je veux lui raconter, lui dire pour le coup de fil de ce matin. Ça doit être un signe du destin. Je dois y retourner. Ne serait-ce que pour en avoir le cœur net. Solder une bonne fois pour toutes cette histoire qui me hante. Refermer la porte derrière moi, pour toujours. Je commande un autre whisky. Le bruit de la télévision au-dessus du bar couvre un instant le cours de ma pensée. Une chaîne d'infos en continu diffuse des images d'êtres humains fuyant la guerre. J'observe leurs embarcations de fortune accoster sur le sol européen. Les enfants qui en sortent sont transis de froid, affamés, déshydratés. Ils jouent leur vie sur le terrain de la folie du monde. Je les regarde, confortablement installé là, dans la tribune présidentielle, un whisky à la main. L'opinion publique pensera qu'ils ont fui l'enfer pour trouver l'Eldorado. Foutaises ! On ne dira rien du pays en eux. La poésie n'est pas de l'information. Pourtant, c'est la seule chose qu'un être humain retiendra de son passage sur terre. Je détourne le regard de ces images, elles disent le réel, pas la vérité. Ces enfants l'écriront peut-être, un jour. Je me sens triste comme une aire d'autoroute vide en hiver. C'est chaque fois la même chose, le jour de mon anniversaire, une lourde mélancolie s'abat sur moi comme une pluie tropicale quand je repense à Papa, Maman, les copains, et à cette fête d'éternité autour du crocodile éventré au fond du jardin...

1

Je ne connaîtrai jamais les véritables raisons de la séparation de mes parents. Il devait pourtant y avoir un profond malentendu dès le départ. Un vice de fabrication dans leur rencontre, un astérisque que personne n'avait vu, ou voulu voir. Au temps d'avant, mes parents étaient jeunes et beaux. Des cœurs gonflés d'espoir comme le soleil des indépendances. Fallait voir! Le jour de leur mariage, Papa n'en revenait pas de lui avoir passé la bague au doigt. Bien sûr, il avait un certain charme, le paternel, avec ses yeux verts tranchants, ses cheveux châtain clair veinés de blond et sa stature de Viking. Mais il n'arrivait pas à la cheville de Maman. Et c'était quelque chose, les chevilles de Maman! Ça inaugurait de longues jambes effilées qui mettaient des fusils dans le regard des femmes et des persiennes entrouvertes devant celui des hommes. Papa était un petit Français du Jura, arrivé en Afrique par hasard pour effectuer son service civil, il venait d'un patelin dans les montagnes qui ressemblait à s'y méprendre aux paysages du Burundi, mais chez lui, il n'y en avait pas, des femmes avec l'allure de Maman, des roseaux d'eau douce à la silhouette fuselée, des beautés sveltes comme des gratte-ciel à la peau noire ébène et aux grands yeux de vaches Ankole. Fallait entendre ! Le jour de leur mariage, une rumba insouciante s'échappait de guitares mal accordées, le bonheur sifflotait des airs de cha-cha-cha sous un ciel piqué d'étoiles. C'était tout vu ! Y avait plus qu'à ! Aimer. Vivre. Rire. Exister. Toujours tout droit, sans s'arrêter, jusqu'au bout de la piste et même un peu plus.

Seulement mes parents étaient des adolescents paumés à qui l'on demande subitement de devenir des adultes responsables. Ils sortaient à peine de leur puberté, de leurs hormones, de leurs nuits blanches, qu'il fallait déjà débarrasser les cadavres de bouteilles sifflées, vider les culs de joints des cendriers, ranger dans leur pochette les vinyles de rock psychédélique, plier les pantalons pattes d'éph et les chemises indiennes. La cloche avait sonné. Les enfants, les impôts, les obligations, les soucis sont arrivés, trop tôt, trop vite, et avec eux le doute et les coupeurs de route, les dictateurs et les coups d'État, les programmes d'ajustements structurels, les renoncements aux idéaux, les matins qui peinent à se lever, le soleil qui traîne chaque jour un peu plus dans son lit. Le réel s'est imposé. Rude. Féroce. La nonchalance des débuts s'est muée en cadence tyrannique comme le tic-tac implacable d'une pendule. Le naturel s'est pris pour un boomerang et mes parents l'ont reçu en plein visage, comprenant qu'ils avaient confondu le désir et l'amour, et que chacun avait fabriqué les qualités de l'autre. Ils n'avaient pas partagé leurs rêves, simplement leurs illusions. Un rêve, ils en avaient eu un chacun, à soi, égoïste, et ils n'étaient pas prêts à combler les attentes de l'autre.

Mais au temps d'avant, avant tout ça, avant ce que je vais raconter et tout le reste, c'était le bonheur, la vie sans se l'expliquer. L'existence était telle qu'elle était, telle qu'elle avait toujours été et que je voulais qu'elle reste. Un doux sommeil, paisible, sans moustique qui vient danser à l'oreille, sans cette pluie de questions qui a fini par tambouriner la tôle de ma tête. Au temps du bonheur, si l'on me demandait « Comment ça va ? » je répondais toujours « Ça va ! ». Du tac au tac. Le bonheur, ça t'évite de réfléchir. C'est par la suite que je me suis mis à considérer la question. À soupeser le pour et le contre. À esquiver, à opiner vaguement du chef. D'ailleurs, tout le pays s'y était mis. Les gens ne répondaient plus que par « Ça va un peu ». Parce que la vie ne pouvait plus aller complètement bien après tout ce qui nous était arrivé.

2

Le début de la fin du bonheur, je crois que ça remonte à ce jour de la Saint-Nicolas, sur la grande terrasse de Jacques, à Bukavu, au Zaïre. Une fois par mois, on lui rendait visite, au vieux Jacques, c'était devenu une habitude. Ce jour-là, Maman nous a accompagnés alors qu'elle ne parlait plus trop à Papa depuis quelques semaines. Avant de partir, nous sommes passés à la banque récupérer des devises. En sortant, Papa a dit : « Nous sommes millionnaires ! » Au Zaïre de Mobutu, la dévaluation de la monnaie était telle qu'on achetait un verre d'eau potable avec des billets de cinq millions.

Dès le poste frontière, on changeait de monde. La retenue burundaise laissait place au tumulte zaïrois. Dans cette foule turbulente, les gens sympathisaient, s'interpellaient, s'invectivaient comme dans une foire au bétail. Des gosses bruyants et crasseux lorgnaient les rétroviseurs, les essuie-glaces et les jantes salies par les éclaboussures de flaques d'eau stagnante, des chèvres se proposaient en brochettes pour quelques brouettes d'argent, des filles-mères slalomaient entre les files de camions de marchandises et de minibus collés pare-chocs contre pare-chocs pour vendre à la sauvette des œufs durs à tremper dans du gros sel et des arachides pimentées en sachet, des mendiants aux jambes tire-bouchonnées par la polio réclamaient quelques millions pour survivre aux fâcheuses conséquences de la chute du mur de Berlin et un pasteur, debout sur le capot de sa Mercedes bringuebalante, annonçait à tue-tête l'imminence de la fin des temps avec, à la main, une bible en swahili reliée en cuir de python royal. Dans la guérite rouillée, un soldat assoupi agitait mollement un chasse-mouches. Les effluves de gasoil mêlés à l'air chaud asséchaient le gosier du fonctionnaire, non payé depuis des lustres. Sur les routes, d'immenses cratères formés à l'endroit d'anciens nids-de-poule malmenaient les voitures. Mais cela n'empêchait nullement le douanier d'inspecter méticuleusement chacune d'elles en vérifiant l'adhérence des pneus, le niveau d'eau dans le moteur, le bon fonctionnement des clignotants. Si le véhicule ne révélait aucune des défaillances espérées, le douanier exigeait un livret de baptême ou de première communion pour entrer sur le territoire.

Cet après-midi-là, de guerre lasse, Papa a fini par donner le pot-de-vin qu'appelaient toutes ces manœuvres grotesques. La barrière s'est enfin soulevée et nous avons poursuivi notre chemin dans la fumée que dégageaient les sources d'eau chaude au bord de la route.

Entre la petite ville d'Uvira et Bukavu, nous nous sommes arrêtés dans des gargotes pour acheter des beignets à la banane et des cornets de termites frits.

Sur la devanture des bouis-bouis étaient accrochés toutes sortes d'écriteaux fantasques : « Au Fouquet's des Champs-Élysées », « Snack-bar Giscard d'Estaing », «Restaurant fête comme chez vous ». Quand Papa a sorti son Polaroid pour immortaliser ces enseignes et célébrer l'inventivité locale, Maman a *tchipé* et lui a reproché de s'émerveiller d'un exotisme pour blancs.

Après avoir manqué d'écraser une multitude de coqs, de canards et d'enfants, nous sommes arrivés à Bukavu, sorte de jardin d'Éden sur les rives du lac Kivu, vestige art déco d'une ville anciennement futuriste. Chez Jacques, la table était dressée, prête à nous accueillir. Il avait commandé des gambas fraîchement arrivées de Mombassa. Papa exultait :

– Ça ne vaut pas un bon plateau d'huîtres, mais ça fait du bien de manger de bonnes choses de temps en temps !

– De quoi te plains-tu, Michel ? On te nourrit mal à la maison ? a dit Maman sans tendresse.

– Oui ! Ce con de Prothé m'oblige à ingurgiter ses féculents d'Africain tous les midis. Si encore il savait faire cuire une entrecôte correctement !

– M'en parle pas, Michel ! a enchaîné Jacques. Mon macaque en cuisine fait tout griller sous prétexte que ça tue les parasites. Je ne sais même plus ce que c'est qu'un bon steak saignant. Vivement que je rentre à Bruxelles me faire une cure d'amibes !

Éclat de rire général. Seuls Ana et moi restions silencieux en bout de table. J'avais dix ans, elle en avait sept. C'est peut-être pour cette raison que l'humour de Jacques nous échappait. De toute manière, nous avions interdiction formelle de parler, à moins que l'on s'adresse à nous. C'était une règle d'or quand nous étions invités quelque part. Papa ne supportait pas que les enfants se mêlent aux conversations des grandes personnes. Surtout pas chez Jacques, qui était comme un second père pour lui, un modèle, au point qu'il reprenait, sans même s'en rendre compte, ses expressions, ses mimiques et jusqu'aux inflexions de sa voix. « C'est lui qui m'a appris l'Afrique ! » répétait-il souvent à Maman.

Penché sous la table pour se protéger du vent, Jacques a allumé une cigarette avec son Zippo en argent gravé de deux cerfs. Puis il s'est redressé, quelques volutes se sont échappées de ses narines, et, pendant un instant, il a observé le lac Kivu. De sa terrasse, on apercevait un chapelet d'îlots perdus au loin. Et au-delà, sur une autre rive du lac, se trouvait la ville de Cyangugu, au Rwanda. Maman avait l'œil accroché à cet au-delà. Des pensées lourdes devaient la traverser chaque fois que nous déjeunions chez Jacques. Le Rwanda, son pays quitté en 1963 pendant une nuit de massacre, à la lueur des flammes qui embrasaient la maison familiale, ce pays où elle n'était jamais retournée depuis ses quatre ans, était là, à quelques encablures, presque à portée de main.

Dans le jardin de Jacques, l'herbe était impeccablement tondue par un vieux jardinier qui agitait son coupe-coupe dans de grands mouvements de balancier, comme un swing de golf. Devant nous, des colibris vert métallisé s'affairaient à butiner le nectar des hibiscus rouge, offrant un remarquable ballet. Un couple de grues couronnées déambulait à l'ombre des citronniers et des goyaviers. Le jardin de Jacques grouillait de vie, éclatait de couleurs, diffusait un doux parfum de citronnelle. Avec son mélange de boiseries rares issues de la forêt de Nyungwe et de roche noire et poreuse provenant du volcan Nyiragongo, sa maison ressemblait à un chalet suisse.

Jacques a fait tinter la clochette sur la table et le cuisinier est arrivé aussitôt. Sa tenue, une toque et un tablier blanc, détonnait avec ses pieds nus et crevassés.

– Remets-nous trois Primus et débarrasse un peu ce foutoir ! a ordonné Jacques.

– Comment vas-tu, Évariste ? a demandé Maman au cuisinier.

– Grâce à Dieu ça va un peu, Madame !

– Laisse Dieu où il est, s'il te plaît ! a rétorqué Jacques. Ça va parce qu'il reste encore quelques blancs au Zaïre pour faire tourner la boutique. Sans moi, tu mendierais comme tous les autres de ton espèce !

– Quand je parle de Dieu, je parle de toi, patron ! a répliqué le cuisinier avec malice.

– Te fous pas de ma gueule, macaque !

Ils se sont mis à rire ensemble et Jacques a continué :

– Quand je pense que je n'ai jamais su garder une bonne femme plus de trois jours et que ça fait trente-cinq ans que je me coltine ce chimpanzé !

– Tu aurais dû m'épouser, patron !

– *Funga kinwa !* Et va nous chercher ces bières au lieu de dire des conneries ! a dit Jacques dans un nouvel éclat de rire suivi d'un raclement de gorge qui m'a donné envie de rendre mes gambas.

Le cuisinier est reparti en chantonnant un air religieux. Jacques a soufflé énergiquement dans un mouchoir en tissu brodé à ses initiales, il a repris sa cigarette, a fait tomber un peu de cendres sur le parquet verni, et s'est adressé à Papa :

– La dernière fois que j'étais en Belgique, les toubibs m'ont dit qu'il fallait que je stoppe la clope, sans quoi j'allais y passer. J'ai tout connu, ici : les guerres, les pillages, les pénuries, Bob Denard et Kolwezi, trente ans de connerie de « zaïrinisation », et c'est la cigarette qui va m'avoir ! Nom de Dieu !

Des taches de vieillesse parsemaient ses mains et son crâne dégarni. C'était la première fois que je le voyais en short. Ses jambes glabres, laiteuses, contrastaient avec la peau brûlée de ses avant-bras et de son visage buriné par le soleil ; on aurait dit que son corps était un assemblage de pièces hétéroclites.

– Ils ont peut-être raison, les docteurs, tu devrais ralentir, a dit Maman, inquiète. Trois paquets par jour, c'est beaucoup, mon Jacques.

– Tu ne vas pas t'y mettre, toi aussi, a dit Jacques tout en continuant de s'adresser à Papa comme si Maman n'était pas là. Mon père fumait comme un pompier, il a vécu jusqu'à nonante-cinq ans. Et j'te parle pas de la vie qu'il a eue. C'était une autre paire de manches, le Congo, à l'époque de Léopold II ! Un castard, mon père ! C'est lui qui a construit la ligne de chemin de fer Kabalo-Kalemi. Ligne qui ne marche plus depuis bien longtemps d'ailleurs, comme tout le reste dans ce foutu pays. Quel bordel, je te jure !

– Pourquoi tu ne vendrais pas tout ? Viens t'installer à Bujumbura. La vie est agréable là-bas, a dit Papa, avec cet enthousiasme qu'il pouvait avoir quand il émettait spontanément une idée pour la première fois. J'ai plein de chantiers et je reçois des appels d'offres en pagaille. En ce moment, il y a du fric !

– Tout vendre ? Arrête tes conneries ! Ma sœur m'appelle sans arrêt pour que je la rejoigne en Belgique. Elle me dit : « Rentre, Jacques, ça va mal se terminer pour toi. Avec les Zaïrois, ça finit toujours par des pillages et des lynchages de blancs. » Tu me vois, moi, dans un appartement à Ixelles ? Je n'ai jamais vécu là-bas, qu'est-ce que tu veux que j'y foute, à mon âge ? La première fois que j'ai mis les pieds en Belgique, j'avais vingt-cinq ans et deux balles dans le bide, reçues dans une embuscade quand on chassait le communiste au Katanga. Je suis passé sur le billard, on m'a recousu et je suis revenu ici illico presto. Je suis plus zaïrois que les nègres, moi. Je suis né ici et je mourrai ici ! Bujumbura, ça me va quelques semaines, je signe deux trois marchés, je sers la main à quelques grands *bwanas*, je fais le tour des popotes et des vieux copains et je rentre ici. Vraiment, les Burundais, très peu pour moi. Les Zaïrois, au moins, c'est facile à comprendre. Un *matabish-bakchich*, et c'est reparti ! Les Burundais ? Ces gens-là ! Ils se grattent l'oreille gauche avec la main droite...

– C'est ce que je répète sans cesse à Michel, a dit Maman. Moi aussi je n'en peux plus de ce pays.

– Toi c'est pas pareil, Yvonne, a rétorqué Papa, agacé. Tu rêves de vivre à Paris, c'est ton idée fixe.

– Oui, ça serait bien pour toi, pour moi, pour les enfants. C'est quoi notre avenir, à Bujumbura ? Tu peux me dire ? À part cette minable petite vie ?

– Ne commence pas, Yvonne ! C'est ton pays dont tu parles.

– Non non non non non... Mon pays c'est le Rwanda ! Là, en face, devant toi. Le Rwanda. Je suis une réfugiée, Michel. C'est ce que j'ai toujours été aux yeux des Burundais. Ils me l'ont bien fait comprendre avec leurs insultes, leurs insinuations, leurs quotas pour les étrangers et leurs *numerus clausus* à l'école. Alors laisse-moi penser ce que je veux du Burundi !

– Écoute, ma chérie, a dit Papa d'un ton qui se voulait apaisant. Regarde autour de toi. Ces montagnes, ces lacs, cette nature. On vit dans de belles maisons, on a des domestiques, de l'espace pour les enfants, un bon climat, les affaires ne marchent pas trop mal pour nous. Qu'est-ce que tu veux d'autre ? Tu n'auras jamais tout ce luxe en Europe. Crois-moi ! C'est très loin d'être le paradis que tu imagines. Pourquoi penses-tu que je construis ma vie ici depuis vingt ans ? Pourquoi penses-tu que Jacques préfère rester dans cette région plutôt que rentrer en Belgique ? Ici, nous sommes des privilégiés. Là-bas, nous ne serons personne. Pourquoi tu refuses de l'entendre ?

– Tu causes, tu causes, mais je connais l'envers du décor, ici. Quand tu vois la douceur des collines, je sais la misère de ceux qui les peuplent. Quand tu t'émerveilles de la beauté des lacs, je respire déjà le méthane qui dort sous les eaux. Tu as fui la quiétude de ta France pour trouver l'aventure en Afrique. Grand bien te fasse ! Moi je cherche la sécurité que je n'ai jamais eue, le confort d'élever mes enfants dans un pays où l'on ne craint pas de mourir parce qu'on est...

– Arrête, Yvonne, avec tes inquiétudes et ton délire de persécution. Tu dramatises toujours tout. Tu as le passeport français, maintenant, tu n'as rien à craindre. Tu vis dans une villa à Bujumbura, pas dans un camp de réfugiés, donc évite les grands discours, s'il te plaît !

– Je me fiche bien de ton passeport, il ne change rien à l'affaire, à cette menace qui rôde partout. L'histoire dont je parle ne t'intéresse pas, Michel, elle ne t'a jamais intéressé. Tu es venu ici chercher un terrain de jeu pour prolonger tes rêves d'enfant gâté d'Occident...

– Qu'est-ce que tu racontes ? Tu me saoules, franchement ! Beaucoup d'Africaines rêveraient d'être à ta place...

Maman a fixé Papa si durement qu'il n'a pas osé achever sa phrase. Puis, très calme, elle a poursuivi :

– Tu ne te rends même plus compte de ce que tu dis, mon pauvre Michel. Un conseil : ne t'essaye pas au racisme, toi l'ancien hippie baba-cool, ça ne te va pas du tout. Laisse ça à Jacques et aux autres vrais colons.

Jacques s'est étouffé d'un coup avec sa fumée de cigarette. Maman s'en foutait, elle s'était levée, avait jeté sa serviette au visage de Papa et était partie. Le cuisinier est arrivé au même instant, un sourire insolent aux lèvres, les Primus sur un plateau en plastique.

– Yvonne ! Reviens immédiatement ! Excuse-toi tout de suite auprès de Jacques ! a crié mon père, les fesses légèrement décollées de la chaise et les deux poings sur la table.

– Laisse tomber, Michel, a dit Jacques. Les bonnes femmes...

3

Les jours qui ont suivi, Papa a essayé à plusieurs reprises de se rattraper par des mots doux ou des plaisanteries qui laissaient Maman de marbre. Un dimanche, sur un coup de tête, il a décidé de nous emmener déjeuner à Resha, au bord du lac, à soixante kilomètres de Bujumbura. Ce fut notre dernier dimanche, tous les quatre, en famille.

Les fenêtres de la voiture étaient grandes ouvertes et le vent faisait un tel bruit qu'on avait un mal fou à s'entendre. Maman semblait absente et Papa essayait de tromper le silence en nous donnant sans cesse des explications que personne ne lui demandait : « Regardez, là, c'est un kapokier. Les Allemands ont importé cet arbre au Burundi à la fin du XIXe siècle. Ça donne le kapok, la fibre dont on se sert pour rembourrer les oreillers. » La route longeait le lac et filait droit vers le sud jusqu'à la frontière tanzanienne. Papa continuait ses explications pour lui tout seul : « Le Tanganyika est le lac le plus poissonneux et le plus long du monde. Il fait plus de six cents kilomètres et il a une superficie supérieure au Burundi. »

C'était la fin de la saison des pluies et le ciel était clair. On apercevait le miroitement des toits de tôle sur les montagnes du Zaïre, à cinquante kilomètres, de l'autre côté de la rive. De tout petits nuages blancs faisaient des boules de coton en suspension devant les crêtes.

Le pont de la rivière Mugere s'était effondré à la suite de récentes crues, alors nous avons traversé la rivière dans son lit. De l'eau s'est infiltrée dans le véhicule et Papa a enclenché le 4 × 4 pour la première fois depuis qu'il possédait la Pajero. Arrivés à Resha, un panneau annonçait « Restaurant le Castel ». Le véhicule s'est engagé sur un petit chemin de terre bordé de manguiers, accueilli par un groupe de singes verts qui s'épouillaient sur le parking. À l'entrée du restaurant, une étrange bâtisse au toit de tôle rouge, surmontée d'un sémaphore, une plaque de cuivre représentait le pharaon Akhenaton.

Nous nous sommes installés sur la terrasse, sous un parasol Amstel. Une seule autre table était occupée, près du bar, par un ministre qui déjeunait en famille, encadré par deux soldats en armes. Les enfants du ministre étaient encore plus sages que nous, ils ne bougeaient pas d'un cil, tout juste attrapaient-ils timidement leur bouteille de Fanta posée devant eux. Des haut-parleurs diffusaient faiblement le son parasité d'une cassette de *Canjo Amissi* et Papa se balançait sur sa chaise en plastique en faisant tourner ses clés à son doigt. Maman nous observait, Ana et moi, avec un sourire triste. Quand la serveuse est arrivée, elle a passé la commande : « Brochettes de Capitaine, quatre ! Deux Fruito. Deux Amstel. » Avec le petit personnel, Maman ne faisait jamais de phrases, elle envoyait des télégrammes. Les commis ne méritaient pas de verbe.

Il fallait souvent compter une bonne heure avant d'être servi. Comme l'ambiance à table était laborieuse, entre le tintement des clés de Papa et le sourire jaune de Maman, avec Ana on en a profité pour s'éclipser et piquer une tête dans le lac. Pour nous faire peur, Papa a crié : « Faites gaffe aux crocos, les gosses... » À dix mètres du rivage, un rocher affleurait à la surface de l'eau, comme le dos rond d'un hippopotame. Nous avons fait la course jusqu'à cet endroit, avant de rejoindre, plus loin, la jetée en métal d'où nous pouvions plonger et observer, dans l'eau turquoise, les poissons se balader entre de gros rochers. En remontant l'échelle, j'ai aperçu Maman sur la plage, dans son ensemble blanc, avec sa grosse ceinture en cuir marron et son foulard rouge dans les cheveux. Elle nous faisait des signes pour que nous venions déjeuner.

Après le repas, Papa nous a conduits jusqu'à la forêt de Kigwena pour voir les babouins. Nous avons marché presque une heure sur un petit sentier glaiseux sans rien repérer, excepté quelques touracos verts. L'ambiance entre Maman et Papa était pesante. Ils ne se parlaient pas et se fuyaient du regard. J'avais les chaussures pleines de boue. Ana courait devant pour tenter de découvrir les singes avant tout le monde.

Puis Papa nous a fait visiter l'usine d'huile de palme de Rumonge dont il avait supervisé la construction à son arrivée au Burundi, en 1972. Les machines étaient vieilles et tout le bâtiment semblait recouvert d'une substance graisseuse. Des monticules de noix de palme séchaient sur de grandes bâches bleues. Une immense palmeraie s'étalait à des kilomètres à la ronde. Pendant les explications de Papa sur les différentes étapes du pressurage, j'ai vu Maman s'éloigner pour rejoindre la voiture. Plus tard, sur la route, elle a remonté les vitres pour mettre la climatisation. Elle a inséré une cassette de Khadja Nin dans le lecteur et avec Ana on s'est mis à chanter « Sambolera ». Maman nous a accompagnés. Elle avait un joli timbre de voix qui caressait l'âme, mettait des frissons autant que la clim'. On avait envie d'arrêter la cassette pour n'entendre qu'elle.

En traversant le marché de Rumonge, Papa a changé les vitesses et, dans un même élan, il a posé sa main sur le genou de Maman. Elle l'a repoussé violemment, comme on se débarrasse d'une mouche au-dessus de son assiette. Papa a aussitôt regardé dans le rétroviseur et j'ai fait mine de n'avoir rien vu en tournant la tête vers ma fenêtre. Au kilomètre 32, Maman a acheté plusieurs boules d'ubusagwe (pâte de manioc froide) enroulées dans des feuilles de bananier qu'on a chargées dans le coffre. Sur la fin du trajet, on a fait une halte à la pierre Livingstone et Stanley. Dessus, on pouvait lire « Livingstone, Stanley, 25-XI-1889 ». Avec Ana, on s'est amusés à reconstituer la rencontre des explorateurs : « Docteur Livingstone, je présume ? » De loin, j'ai enfin vu Papa et Maman se parler. J'avais bon espoir qu'ils fassent la paix, que Papa l'enlace avec ses grands bras et que Maman dépose sa tête au creux de son épaule et puis qu'ils se prennent par la main, pour un tour en amoureux, en contrebas, dans la bananeraie. Mais j'ai fini par comprendre qu'ils se disputaient, à grand renfort de gestes et d'index accusateurs pointés sous le nez. Un vent tiède m'empêchait d'entendre ce qu'ils se disaient. Derrière eux, les bananiers ployaient, un groupe de pélicans survolait le promontoire, le soleil rouge plongeait à l'ouest derrière les hauts plateaux, une lumière aveuglante recouvrait la surface étincelante du lac.

Cette nuit-là, la rage de Maman a fait trembler les murs de la maison. J'ai entendu des bruits de verre qui casse, de vitres qui éclatent, d'assiettes qui se brisent au sol.

Papa répétait :

– Yvonne, calme-toi. Tu réveilles tout le quartier !

– Va te faire foutre !

Les sanglots avaient transformé la voix de Maman en un torrent de boue et de gravier. Une hémorragie de mots, un vrombissement d'injures emplissait la nuit. Les bruits se déplaçaient maintenant dans la parcelle. Les hurlements de Maman sous ma fenêtre, le pare-brise de la voiture qu'elle pulvérise. Puis plus rien, et la violence à nouveau qui roule, qui roule tout autour. Je regardais le va-et-vient de leurs pas dans la lumière qui filtrait sous la porte de ma chambre. Mon auriculaire agrandissait un trou dans la moustiquaire de mon lit. Les voix se mélangeaient, se distordaient dans les graves et les aigus, rebondissaient contre le carrelage, résonnaient dans le faux plafond, je ne savais plus si c'était du français ou du kirundi, des cris ou des pleurs, si c'était mes parents qui se battaient ou les chiens du quartier qui hurlaient à la mort. Je m'accrochais une dernière fois à mon bonheur mais j'avais beau le serrer pour ne pas qu'il m'échappe, il était plein de cette huile de palme qui suintait dans l'usine de Rumonge, il me glissait des mains. Oui, ce fut notre dernier dimanche tous les quatre, en famille. Cette nuit-là, Maman a quitté la maison, Papa a étouffé ses sanglots, et pendant qu'Ana dormait à poings fermés, mon petit doigt déchirait le voile qui me protégeait depuis toujours des piqûres de moustique.

4

Pour tout arranger, c'était bientôt Noël. Après une bataille entre Papa et Maman pour savoir lequel des deux nous garderait pour les fêtes, il a été convenu que je resterais avec Papa et qu'Ana irait avec Maman rendre visite à Eusébie, une tante de Maman qui vivait à Kigali, au Rwanda. C'était la première fois que Maman retournait au Rwanda depuis 1963. La situation paraissait plus stable, grâce aux nouveaux accords de paix entre le gouvernement et le Front patriotique rwandais, cette rébellion composée d'enfants d'exilés de l'âge de Maman.

Papa et moi, nous avons passé Noël en tête à tête. J'ai reçu en cadeau un vélo BMX rouge orné de lanières multicolores qui pendaient aux poignées. J'étais si heureux qu'aux premières lueurs du matin de Noël, avant même que Papa ne se réveille, je l'ai apporté chez les jumeaux qui vivaient dans la maison en face de chez nous, à l'entrée de notre impasse. Ils étaient impressionnés. Ensuite, on s'est amusés à faire des *tchélélés* dans le gravier. Papa est arrivé dans son pyjama rayé, furieux, et m'a giflé devant mes copains pour avoir quitté la maison si tôt sans le prévenir. Je n'ai pas pleuré, ou juste quelques larmes, certainement à cause de la poussière soulevée par les dérapages ou d'un moucheron coincé dans l'œil, je ne sais plus trop.

Pour le jour de l'an, Papa a décidé de m'emmener en randonnée dans la forêt de la Kibira. Nous avons passé la nuit chez les pygmées du village des potiers, à plus de 2 300 mètres d'altitude. La température avoisinait zéro degré. À minuit, Papa m'a autorisé à boire quelques gorgées de bière de banane, pour me réchauffer et pour fêter cette nouvelle année 1993 qui débutait. Puis nous nous sommes couchés sur la terre battue, blottis les uns contre les autres autour du feu.

Au petit matin, Papa et moi avons quitté la hutte sur la pointe des pieds, tandis que les pygmées ronflaient encore, la tête posée sur leurs calebasses d'urwagwa, la bière de banane. Dehors, le sol était couvert de givre, la rosée s'était transformée en cristaux blancs, un épais brouillard enveloppait la cime des eucalyptus. Dans la forêt, nous avons suivi un sentier tortueux. J'ai ramassé un gros coléoptère noir et blanc sur un tronc pourri et l'ai enfermé dans une boîte de métal pour commencer ma collection d'entomologiste. Au fur et à mesure que le soleil s'élevait dans le ciel, la température augmentait et la fraîcheur de l'aube se changeait en humidité poisseuse. Papa marchait devant moi, silencieux, la sueur rendait ses cheveux plus ternes et les faisait frisotter au-dessus de sa nuque. On entendait des cris de babouins résonner dans les bois. Parfois je sursautais, quelque chose remuait dans les fougères, sûrement un serval ou une civette.

En fin de journée, nous avons rencontré un groupe de pygmées avec leur meute de chiens, des terriers Nyam-Nyam. Ils venaient du village des forgerons, plus haut dans les montagnes. Ils rentraient de la chasse avec leurs arcs en bandoulière et un butin composé de cadavres de taupes, de rats de Gambie et d'un chimpanzé. Papa était passionné par ces petits hommes dont le mode de vie était le même depuis des millénaires. En les quittant, il m'a parlé avec tristesse de la disparition programmée de ce monde à cause de la modernité, du progrès et de l'évangélisation.

Avant de rejoindre la voiture, sur le dernier tronçon du sentier, Papa m'a demandé de m'arrêter. Il a sorti un appareil jetable :

– Mets-toi là ! Je vais te prendre en photo, comme ça on aura un souvenir.

J'ai grimpé sur un arbre en forme de grand lance-pierres, debout entre les deux troncs. Papa a remonté la molette. Attention ! Il y a eu un « clic » puis le bruit de la pellicule qui se rembobinait. C'était la fin du film.

Au village, on a remercié les pygmées pour leur accueil et leur hospitalité. Les gamins ont couru après la voiture pendant plusieurs kilomètres, en essayant de s'accrocher au véhicule, jusqu'à ce que l'on rejoigne la route asphaltée. Dans la descente de Bugarama, on se faisait doubler par les kamikazes-bananes, ces hommes à vélos qui roulaient aussi vite que les voitures, leurs porte-bagages chargés de lourds régimes de bananes ou de sacs de charbon de plusieurs dizaines de kilos. À cette vitesse, la chute était souvent mortelle, et la moindre sortie de route menait au fond du précipice, dans le cimetière des camions tanzaniens et des minibus écrabouillés. De l'autre côté de la route, les mêmes cyclistes, après avoir livré leurs marchandises à la capitale, remontaient la montagne en s'accrochant discrètement aux pare-chocs arrière des camions. Je m'imaginai à mon tour avec mon BMX rouge à lanières descendant à toute vitesse les virages de Bugarama, doublant voitures et camions dans une course folle, les jumeaux, Armand et Gino, m'acclamant à mon arrivée à Bujumbura comme un vainqueur du Tour de France.

Il faisait nuit quand nous sommes arrivés devant la maison. Papa a klaxonné plusieurs fois devant le portail sur lequel était affichée une pancarte « Chien Méchant. Imbwa Makali ». Le jardinier est venu ouvrir, claudiquant, suivi de notre petit chien blanc et roux aux poils frisés, croisement hasardeux entre un bichon maltais et un ratier, qui incarnait, sans y croire, l'avertissement sur le portail. Quand Papa est descendu du véhicule, il a aussitôt demandé au jardinier :

– Où est Calixte ? Pourquoi c'est toi qui ouvres le portail ?

– Calixte a disparu, patron.

Le chien le suivait toujours. Il n'avait pas de queue, alors il remuait l'arrière-train pour signifier qu'il était content. Et il retroussait les lèvres, ce qui donnait l'impression qu'il souriait.

– Comment ça, disparu ?

– Il est parti très tôt ce matin et il ne reviendra pas.

– C'est quoi encore cette histoire ?

– Il y a eu des problèmes avec Calixte, patron. Hier nous avons fêté la nouvelle année. Quand je me suis endormi il est entré dans le magasin et il a volé beaucoup de choses. Après, il a disparu… C'est ce que j'ai constaté.

– Il a volé quoi ?

– Une brouette, une boîte à outils, une meuleuse, un fer à souder, deux pots de peinture…

Le jardinier continuait son inventaire mais Papa l'a interrompu d'un geste de la main.

– C'est bon ! C'est bon ! Lundi je porte plainte.

Le jardinier a ajouté :

– Il a aussi volé le vélo de monsieur Gabriel.

En entendant cette phrase, j'ai senti mon cœur tomber dans mon ventre. Impossible. Je ne pouvais pas imaginer Calixte capable d'une telle chose. Je me suis mis à pleurer à chaudes larmes. J'en voulais à la terre entière. Papa répétait : « On va retrouver ton vélo, Gaby, ne t'en fais pas. »

5

Le dimanche qui a suivi, la veille de la rentrée des classes, Ana est revenue du Rwanda. Maman l'a déposée à la maison en début d'après-midi. Elle s'était fait de fines tresses avec des mèches très blondes. Papa n'a pas apprécié, il trouvait la couleur vulgaire pour une petite fille. Il s'est disputé avec Maman, elle a aussitôt redémarré sa moto et est partie avant même que je n'aie eu le temps de l'embrasser et de lui souhaiter une bonne année. Je suis resté planté sur les marches de l'entrée pendant un long moment, persuadé qu'elle reviendrait après s'être rendu compte qu'elle m'avait oublié.

Et puis les jumeaux sont passés à la maison pour me raconter leurs vacances de Noël chez leur grand-mère, à la campagne.

– C'était horrible ! Il n'y avait pas de salle de bains, alors on devait se laver tout nu dans la cour devant tout le monde. Au nom de Dieu, Gaby !

– Et comme ils n'ont pas l'habitude de voir des métis comme nous, les enfants du village venaient nous espionner à travers la clôture. Ils criaient : « Petits culs blancs ! »

C'était vexant. Grand-mère les chassait en leur jetant des cailloux.

– Et c'est là qu'elle a remarqué qu'on n'était pas circoncis.

– Tu sais ce que c'est circoncire ?

J'ai fait non de la tête.

– C'est couper le zizi !

– Grand-mère a demandé à tonton Sosthène de nous circoncire.

– Nous non plus à ce moment-là on ne savait pas de quoi il s'agissait. Alors, au début, on n'a pas fait attention. Grand-mère parlait en kirundi avec tonton, on comprenait rien, mais elle n'arrêtait pas de pointer son doigt vers nos braguettes. On voulait appeler les parents parce qu'on sentait que Grand-mère et tonton préparaient quelque chose de vraiment louche. Mais je te dis, là-bas, c'est la vraie campagne, pas de téléphone, pas d'électricité. Les toilettes, mon cher, c'est un trou dans la terre avec des mouches en stationnement longue durée autour ! Au nom de Dieu !

Chaque fois que les jumeaux juraient, ils disaient « Au nom de Dieu » et glissaient en même temps un doigt sur leur cou comme le couteau qui égorge le poulet, concluant le geste par un claquement de doigts dans l'air, pouce contre index, clac !

– Tonton Sosthène est arrivé avec les grands cousins, Godefroy et Balthazar. Ils nous ont emmenés à la sortie du village, dans une petite maison en terre avec une table en bois au milieu de la pièce.

– Tonton avait acheté une lame de rasoir à la boutique.

– Godefroy m'a tenu les bras dans le dos et Balthazar a bloqué mes jambes. Et tonton a baissé ma culotte. Il a attrapé mon zizi, l'a posé sur la table, il a sorti la Gillette de son papier, a tiré ma peau et ziiip ! Coupé le bout ! Après il a mis de l'eau salée dessus pour désinfecter. Au nom de Dieu !

– Yébabawé ! Quand j'ai vu ça, j'ai galopé directement dans les collines comme un impala poursuivi par des guépards. Mais les cousins m'ont rattrapé, bloqué et ziiip ! Même chose !

– Après, tonton Sosthène a mis nos petits bouts de zizis dans une boîte d'allumettes qu'il a donnée à Grand-mère. Elle a ouvert la boîte pour vérifier le travail. Il y avait la Satisfaction des Rolling Stones sur son visage, au nom de Dieu ! C'était maléfique même ! Pour couronner le tout, elle a enterré nos bouts de zizis dans la parcelle, sous les bananiers !

– Ils sont montés au paradis des bouts d'zizis ! Que Dieu ait leur âme !

– Amen !

– Et puis c'était pas fini ! On a dû porter une robe, comme les filles, parce que les pantalons, ça frotte trop sur la blessure, tu comprends.

– La robe c'était la honte internationale, mon cher !

– Quand nos parents sont venus nous chercher à la fin des vacances et qu'ils nous ont trouvés dans cet accoutrement, ils étaient surpris. Notre père a demandé ce qu'on faisait en jupe.

– On a tout balancé. Papa était énervé contre la vieille, il a dit qu'on était français, pas juifs !

– Mais notre mère lui a expliqué qu'on faisait ça pour l'hygiène. Pour ne pas avoir de saletés qui restent coincées là-dedans.

Les jumeaux étaient toujours essoufflés quand ils terminaient une de leurs histoires. Ils s'agitaient dans tous les sens pour expliquer et mimer les moindres détails. Même un sourd aurait pu les comprendre. Lorsqu'ils parlaient, c'était bousculade de mots et carambolage de paroles. Dès que l'un terminait sa phrase, l'autre enchaînait directement, comme un passage de témoin dans une course de relais.

– Je ne vous crois pas ! j'ai dit.

Parce que les jumeaux aimaient mentir, aussi. Si l'un d'eux commençait à raconter un mensonge, l'autre poursuivait sans même qu'ils se soient concertés. C'était un vrai don. Mon père disait qu'ils étaient des artistes du bobard, des prestidigitateurs de la vérité. Lorsque je leur ai dit qu'ils se moquaient de moi, ils ont répondu en chœur : « Au nom de Dieu ! », doigt sur le cou, claquement dans l'air, index contre pouce, clac ! Puis ils ont baissé leurs pantalons en même temps et j'ai vu deux petits bouts de viande rouge violacée. J'ai fermé les yeux de dégoût. En remontant leurs slips, ils ont ajouté :

– Tu sais, dans le village de notre grand-mère, on a vu quelqu'un rouler avec ton vélo. Au nom de Dieu !

6

La voix éraillée de Papa m'a réveillé. « Gaby ! Gaby ! » Je me suis levé en vitesse de peur d'être en retard à l'école. Souvent, j'avais des pannes de réveil et Papa devait m'appeler. Ana, elle, était toujours en avance, apprêtée, bien peignée, des barrettes dans les cheveux, du lait de coco sur tout le corps, les dents brossées, les chaussures cirées. Elle pensait même à mettre sa gourde dans le frigo la veille au soir pour que l'eau soit bien fraîche toute la matinée. Elle faisait ses devoirs à l'avance et apprenait ses leçons par cœur. Une sacrée gamine, Ana. J'ai toujours eu l'impression qu'elle était mon aînée, malgré ses trois ans de moins. En sortant dans le couloir, j'ai vu que la porte de la chambre de Papa était fermée. Il dormait encore. Une fois de plus, j'étais tombé dans le panneau : le perroquet l'avait imité.

Je suis allé m'asseoir sur la barza, la terrasse en face de sa cage. Il mangeait ses arachides, en les tenant solidement dans ses serres. Avec son bec crochu, il broyait la coque pour en tirer les graines. Il m'a regardé un instant, sa pupille noire dans son œil jaune, puis a sifflé le début de *la Marseillaise* que Papa lui avait appris, avant de sortir sa tête d'entre les barreaux de la cage pour que je lui caresse le haut du crâne. Mes doigts s'enfonçaient dans ses plumes grises, je pouvais sentir la chair rose et chaude de sa nuque.

Dans la cour, un groupe d'oies avançait en file indienne, elles sont passées devant le veilleur de nuit, assis sur une natte, une épaisse couverture grise remontée jusqu'au menton, avec sa petite radio qui diffusait le journal du matin en kirundi. Au même instant, Prothé a franchi le portail, remonté l'allée, gravi les trois marches de la terrasse et m'a salué. Il avait beaucoup maigri et ses traits tirés lui donnaient l'air d'un vieillard, lui qui en temps normal paraissait déjà plus vieux que son âge. Il n'était pas venu au travail ces dernières semaines à cause d'une malaria cérébrale qui avait bien failli l'emporter. Papa avait payé tous les frais médicaux et les séances chez le guérisseur traditionnel. Je l'ai suivi dans la cuisine, où il a retiré ses vêtements de ville pour enfiler ses habits de service : une chemise élimée, un pantalon trop court et des sandales en plastique fluo.

– Vous préférez une omelette ou un œuf au plat, Monsieur Gabriel ? m'a-t-il demandé en inspectant le réfrigérateur.

– Deux œufs au plat, s'il te plaît Prothé.

Ana et moi étions déjà installés sur la terrasse, attendant le petit déjeuner, quand Papa est arrivé. Il avait quelques coupures superficielles au visage et un reste de crème à raser derrière l'oreille gauche. Sur un grand plateau, Prothé a apporté une Thermos de thé, un pot de miel, une soucoupe de lait en poudre, de la margarine, de la confiture de groseilles et mes œufs au plat légèrement croustillants, comme je les aimais.

– Bonjour Prothé ! a dit Papa en découvrant son teint terreux.

Le cuisinier a fait un signe timide de la tête en réponse.

– Ça a l'air d'aller mieux !

– Oui ça va mieux, merci beaucoup, Monsieur. Merci pour votre aide. Ma famille vous est très reconnaissante. Nous prions pour vous, Monsieur.

– Ne me remercie pas. Ce que j'ai payé pour tes soins sera retiré de tes prochains salaires, tu le sais bien, a dit Papa d'une voix neutre.

Le visage de Prothé s'est fermé. Il a repris son plateau et a disparu en cuisine. Donatien est arrivé d'un pas chaloupé. Il portait un abacost, sorte de veston à manches courtes, en tissu sombre et léger, sans chemise ni cravate, que Mobutu avait imposé aux Zaïrois pour s'affranchir de la mode coloniale. Donatien était le contremaître de Papa depuis vingt ans, son plus fidèle employé. Sur les chantiers, les travailleurs l'appelaient *mzee*, le vieux, bien qu'il ait à peine quarante ans. Donatien était zaïrois, arrivé au Burundi après son baccalauréat pour travailler dans l'usine d'huile de palme de Rumonge que supervisait Papa à l'époque. Il n'était plus jamais reparti. Il vivait dans le nord de la ville, dans le quartier de Kamenge, avec sa femme et ses trois fils. Des capuchons de stylos dépassaient de la poche de sa chemise et, dès qu'il le pouvait, Donatien lisait des passages de la Bible qu'il gardait dans une besace en peau de crocodile. Chaque matin, Papa lui remettait les instructions pour la journée et lui confiait une somme d'argent pour payer les travailleurs journaliers.

Quelques instants plus tard, Innocent a fait son entrée sur la terrasse, pour récupérer auprès de Papa les clés de la camionnette de service. Innocent était un jeune Burundais d'à peine vingt ans. Grand et mince, une cicatrice verticale lui barrait le front et lui donnait un air sévère qu'il cultivait volontiers. Il promenait en permanence, d'un coin à l'autre de sa bouche, un cure-dent mille fois mâchouillé. Il portait un pantalon large, une casquette de base-ball, de grosses baskets blanches et un bracelet éponge rouge-vert-jaune autour du poignet, les couleurs panafricaines. Il était souvent d'humeur exécrable et hautain avec les autres employés, mais Papa tenait beaucoup à lui. Innocent était bien plus que le chauffeur de l'entreprise, c'était son homme à tout faire. Il connaissait parfaitement Bujumbura et avait ses entrées partout. Auprès des garagistes de Bwiza, des ferrailleurs de Buyenzi, des commerçants du quartier asiatique, des militaires du camp Muha, des prostituées de Kwijabe, des vendeurs de boulettes de viande du marché central... Il savait toujours à qui graisser la patte pour faire avancer les demandes administratives bloquées pendant des mois sur les bureaux de petits fonctionnaires. Les flics ne l'arrêtaient jamais et les enfants des rues surveillaient gratuitement son véhicule.

Après avoir transmis ses ordres, Papa a vidé la Thermos de thé dans le pot d'un laurier-rose aux feuilles tristes, a sifflé deux secondes *la Marseillaise* au perroquet et nous avons tous sauté dans la voiture.

7

L'école française de Bujumbura regroupait sur un vaste terrain les classes de la maternelle à la terminale. Il y avait deux entrées principales. Côté stade Prince Louis Rwagasore et boulevard de l'Indépendance : l'entrée des grands, qui donnait directement sur le bâtiment administratif et les salles de classe du collège et du lycée. À l'angle de l'avenue Muyinga et du boulevard de l'Uprona : l'entrée des petits de la maternelle. L'école primaire était au milieu. Par habitude, Papa nous déposait à l'entrée des petits.

– Innocent viendra vous chercher à midi et vous déposera à la boutique de votre mère. Je rentre demain, j'ai un chantier à l'intérieur du pays.

– D'accord, Papa, a dit Ana, sagement.

– Gabriel, samedi prochain tu accompagneras Innocent et Donatien à Cibitoke pour cette histoire de vélo. Il faut que tu sois avec eux pour bien l'identifier. Ne t'inquiète pas, on va le retrouver.

Ce matin-là, dans la classe, c'était l'effervescence. L'instituteur a remis à chacun d'entre nous une lettre, envoyée par les élèves d'une classe de CM2 d'Orléans, en France. Nous étions très excités de découvrir notre correspondant. Sur mon enveloppe, mon prénom était écrit en majuscules roses, entouré de drapeaux français, d'étoiles et de quelques cœurs. Le papier sentait fort le parfum sucré. J'ai déplié la lettre soigneusement. L'écriture était régulière et penchée vers la gauche :

Vendredi 11 décembre 1992

Cher Gabriel,

Je m'appelle Laure et j'ai 10 ans. Je suis en CM2 comme toi. J'habite à Orléans dans une maison avec un jardin. Je suis grande, j'ai les cheveux blonds jusqu'aux épaules, les yeux verts et des taches de rousseur. Mon petit frère s'appelle Mathieu. Mon père est médecin et ma mère ne travaille pas. J'aime jouer au basket-ball et je sais cuisiner les crêpes et les gâteaux. Et toi ?

J'aime chanter et danser aussi. Et toi ? J'aime regarder la télévision. Et toi ? Je n'aime pas lire. Et toi ? Quand je serai grande je serai médecin comme mon père. Chaque vacances je vais chez mes cousins en Vendée. L'année prochaine, j'irai visiter un nouveau parc d'attractions qui s'appelle Disneyland. Tu connais ? Peux-tu m'envoyer ta photo ?

J'attends ta réponse avec impatience.

Bisou

Laure

PS : As-tu reçu le riz qu'on vous a envoyé ?

Laure avait glissé sa photo dans l'enveloppe. Elle ressemblait à une des poupées d'Ana. Cette lettre m'intimidait. J'ai rougi en lisant le mot « bisou ». C'était comme si je venais de recevoir un colis de friandises, j'avais soudain l'impression d'ouvrir les portes d'un monde mystérieux que je n'imaginais pas. Laure, cette fille de France, avec ses yeux verts, ses cheveux blonds, quelque part dans le lointain, était prête à m'embrasser, moi Gaby du quartier Kinanira. J'avais peur que quelqu'un ne remarque mon émoi, j'ai vite rangé son portrait dans une poche de mon cartable et remis la lettre dans son enveloppe. Je me demandais déjà quelle photo de moi j'allais pouvoir lui envoyer.

Dès l'heure suivante, l'instituteur nous a demandé d'écrire nos réponses pour nos correspondants.

Lundi 4 janvier 1993

Chère Laure,

Gaby c'est mon nom. De toute façon tout a un nom. Les routes, les arbres, les insectes... Mon quartier, par exemple, c'est Kinanira. Ma ville c'est Bujumbura. Mon pays c'est le Burundi. Ma sœur, ma mère, mon père, mes copains ils ont chacun un nom. Un nom qu'ils n'ont pas choisi. On naît avec, c'est comme ça. Un jour, j'ai demandé à ceux que j'aime de m'appeler Gaby au lieu de Gabriel, c'était pour choisir à la place de ceux qui avaient choisi à ma place. Alors pourras-tu m'appeler Gaby, s'il te plaît ? J'ai les yeux marron donc je ne vois les autres qu'en marron.

Ma mère, mon père, ma sœur, Prothé, Donatien, Innocent, les copains... ils sont tous lait au café. Chacun voit le monde à travers la couleur de ses yeux. Comme tu as les yeux verts, pour toi, je serai vert. J'aime beaucoup de choses que je n'aime pas. J'aime le sucre dans la glace mais pas le froid. J'aime la piscine mais pas le chlore. J'aime l'école pour les copains et l'ambiance mais pas les cours. Grammaire, conjugaison, soustraction, rédaction, punition, c'est la barbe et la barbarie ! Plus tard, quand je serai grand, je veux être mécanicien pour ne jamais être en panne dans la vie. Il faut savoir réparer les choses quand elles ne fonctionnent plus. Mais c'est dans longtemps tout ça, je n'ai que 10 ans et le temps passe lentement, surtout l'après-midi car je n'ai jamais école et le dimanche car je m'ennuie chez ma grand-mère. Il y a deux mois, on a vacciné toute l'école contre la méningite sous le grand préau. Si tu tombes malade des méninges, c'est grave, tu ne peux plus réfléchir il paraît. Alors le proviseur a insisté auprès de tous les parents pour que l'on nous fasse la piqûre, c'est normal, c'est son affaire nos méninges. Cette année, il va y avoir des élections pour élire un président de la République au Burundi. C'est la première fois que ça arrive. Je ne pourrai pas voter, il faut que j'attende d'être mécanicien. Mais je te donnerai le nom du vainqueur. Promis !

À bientôt
Bisou

Gaby

PS : je vais me renseigner pour le riz.

8

Nous avons pris la route très tôt, avec Innocent et Donatien. La camionnette roulait plus vite que d'habitude, lestée des sacs de ciments, des pelles et des pioches qui s'entassaient généralement sur le plateau arrière. On faisait une drôle d'équipée, tous les trois. C'est ce que j'ai pensé quand on a croisé le premier barrage militaire à la sortie de Buja. Qu'est-ce qu'on raconterait aux soldats, s'ils nous arrêtaient ? Qu'on partait en expédition, à l'aube, à l'autre bout du pays, pour retrouver un vélo volé ? On avait l'air louche, c'est sûr. Innocent était au volant, il mâchouillait son éternel cure-dent. Cette manie me dégoûtait. Tous les ringards de Bujumbura s'y étaient mis. Ils voulaient paraître virils, se prenaient pour des cow-boys, les types dans le genre d'Innocent. À coup sûr, un pauvre gars avait voulu faire son intéressant après avoir regardé un film de Clint Eastwood, un après-midi, au ciné Caméo, et en un rien de temps cette mode s'était propagée dans toute la ville comme une traînée de poudre. À Bujumbura, il y a deux choses qui vont vite, la rumeur et la mode.

Donatien était mal assis, il boudait depuis le départ. Il avait la place du milieu et ne pouvait pas installer ses jambes correctement à cause du levier de vitesses. Il était de travers, son épaule gauche contre celle d'Innocent et les jambes en biais. J'avais fait un caprice pour être à la fenêtre parce qu'il pleuvait et que j'aimais assister aux courses de gouttes d'eau le long de la vitre et souffler dessus pour dessiner dans la buée. Ça faisait passer le temps durant les longs trajets à l'intérieur du pays.

Arrivés à Cibitoke, il ne pleuvait plus. Donatien a refusé que l'on prenne la piste qui menait chez la grand-mère des jumeaux car il y avait trop de boue, on risquait d'enliser la voiture. Il a proposé de continuer à pied mais Innocent ne voulait pas tacher ses baskets blanches. Alors je suis parti devant avec Donatien et nous avons laissé Innocent seul dans la camionnette se racler ses foutus chicots.

Sur les collines, même lorsqu'on pense être seul, il y a toujours des centaines de paires d'yeux qui vous observent et votre présence est annoncée à des kilomètres à la ronde par des voix qui ricochent de case en rugo[1]. Alors, quand nous sommes arrivés chez la vieille, elle nous attendait déjà avec deux verres de lait caillé à la main. Ni Donatien ni moi ne parlions vraiment kirundi, surtout pas le kirundi compliqué et poétique des collines, celui avec lequel quelques mots de swahili et de français ne suffisent pas pour colmater les lacunes de ta langue. Je n'avais jamais vraiment appris le kirundi, à Buja, tout le monde parlait français. Donatien, lui, était un Zaïrois du Kivu,

1. Maison traditionnelle, au Burundi et au Rwanda.

et les Zaïrois du Kivu ne parlent souvent que le swahili et le bon français de la Sorbonne.

Là, c'était une tout autre histoire. À l'intérieur du pays, on ne peut pas converser avec les gens comme la grand-mère des jumeaux, leur kirundi est fait de trop de subtilités, avec des références à des proverbes immémoriaux et à des expressions qui datent de l'âge de pierre. Donatien et moi, on n'avait pas le niveau. Elle essayait pourtant, la vieille, de nous expliquer où on pouvait trouver le nouveau propriétaire de la bicyclette. Comme nous ne comprenions pas un traître mot, nous sommes redescendus à la voiture avec Godefroy et Balthazar, les fameux cousins trancheurs de zizis, pour rejoindre Innocent, qui devait nous servir de traducteur. Avec les cousins à l'arrière de la camionnette, qui avaient accepté de nous montrer le chemin, nous sommes retournés sur la route asphaltée. Deux kilomètres après la sortie de la ville, une autre piste nous a menés dans un village où nous avons trouvé un certain Mathias, celui que les jumeaux avaient vu sur mon vélo. Le Mathias en question l'avait revendu à un dénommé Stanislas, de Gihomba. Nous sommes remontés dans la voiture, avec les deux cousins, plus Mathias, et nous avons mis la main sur le fameux Stanislas, qui lui-même avait revendu le vélo à l'apiculteur de Kurigitari. Nous voilà repartis, direction Kurigitari, avec Stanislas en plus dans la voiture. Même chose avec l'apiculteur, qu'on a embarqué avec nous pour qu'il nous indique l'adresse du nouveau propriétaire, un dénommé Jean-Bosco, de Gitaba. Une fois à Gitaba, on nous a prévenus que Jean-Bosco était à Cibitoke. Nous sommes alors retournés à Cibitoke. Et là, Jean-Bosco nous apprend qu'il vient de vendre le vélo à un agriculteur de Gitaba...

Demi-tour. Sauf que, sur l'artère principale de Cibitoke, des policiers nous ont arrêtés pour nous demander ce que nous faisions, entassés à neuf dans la voiture. Innocent s'est mis à raconter l'histoire du vélo volé et la recherche du nouveau propriétaire. Il était midi et les curieux ont afflué. Très vite, des centaines de personnes se sont regroupées autour du véhicule.

En face de nous se trouvait le cabaret central, le plus grand débit de boissons de la ville. Le bourgmestre et quelques notables du district y terminaient un lot de brochettes de chèvre imbibées de Primus chaude. La foule massée autour de nous a rapidement attiré leur attention. Le bourgmestre s'est levé doucement de son tabouret. Il a roté en remontant son pantalon, a ajusté sa ceinture et s'est avancé vers nous, tel un caméléon fatigué, fendant la foule avec sa large bedaine, ses babines graisseuses et ses taches de viande sur sa chemise caca d'oie. Son visage était fin et allongé, mais son gros postérieur de tantine lui remontait jusqu'au milieu du dos et son ventre était tendu et consistant comme celui d'une femme enceinte arrivée à terme. Il avait l'allure d'une calebasse, le bourgmestre.

Pendant que tout ce beau monde discutaillait, j'ai soudain reconnu Calixte dans la foule. Calixte, qui m'avait volé mon vélo... À peine ai-je eu le temps de donner l'alerte qu'il a détalé aussi vite qu'un mamba vert. La ville entière lui a couru après, comme on poursuit un poulet qu'on veut décapiter pour le déjeuner. Dans les provinces assoupies, rien de tel pour tuer le temps qu'un peu de sang à l'heure morte de midi. Justice populaire, c'est le nom que l'on donne au lynchage, ça a l'avantage de sonner civilisé. Par chance, ce jour-là, la population n'a pas eu le dernier mot. Ils avaient attrapé Calixte, mais la police a rapidement mis un terme à la bastonnade démocratique. Le bourgmestre a alors tenté de récupérer l'événement : il s'est posé en sage, essayant de calmer les esprits échauffés avec un discours pompeux sur l'importance d'être un honnête citoyen. Mais compte tenu de l'heure et de la chaleur qu'il faisait, ses envolées lyriques sont vite retombées à plat. Il s'est arrêté en plein milieu de son allocution et a repris sa vraie place, devant une bière, pour calmer le sien, d'esprit. Calixte, bien amoché, a été emmené au cachot communal et Donatien s'est empressé de déposer plainte.

Calixte sous les verrous, ça ne réglait pas le problème de mon vélo. Nous avons décidé de retrouver l'agriculteur de Gitaba. Pour ça, il fallait emprunter à nouveau la piste qui menait chez la grand-mère. N'en faisant qu'à sa tête, Innocent a engagé la voiture sur le chemin boueux malgré la mise en garde insistante de Donatien sur les risques d'enlisement. Au lieu-dit Gitaba se trouvait une petite maison en torchis au toit recouvert de feuilles de bananier. La hutte était au sommet d'une colline et, l'espace d'un instant, la vue nous a saisis. La pluie avait lavé le ciel, les rayons du soleil sur le sol trempé dessinaient des spirales de brume rosée au-dessus de l'immense plaine verte traversée par les eaux ocre du fleuve Rusizi. Donatien admirait le spectacle dans un silence religieux et Innocent s'en foutait royalement, il retirait la crasse sous ses ongles avec le même satané cure-dent qu'il avait tout à l'heure dans la bouche. La beauté du monde, c'était pas son affaire, lui, il ne s'intéressait qu'aux saletés de son corps.

Dans la cour, une femme était à genoux sur une natte, occupée à moudre du sorgho. Derrière elle, un homme assis sur un tabouret nous a invités à nous approcher. C'était l'agriculteur. Chez moi, quand un inconnu débarque à la maison, avant même de dire bonjour, Papa aboie : « C'est pourquoi ? » d'un ton agacé. Là, c'était le contraire, il y avait une retenue, une politesse. On ne se sentait pas comme des étrangers. On avait beau débarquer à l'improviste avec nos drôles de mines dans leur petite cour perdue au sommet de la montagne, on avait cette impression agréable d'être attendus depuis longtemps. Avant même de connaître la raison de notre visite, l'agriculteur nous a proposé de s'asseoir dans sa cour. Il rentrait des champs. Il avait les pieds nus séchés par la boue, une chemise rapiécée, un pantalon de cotonnade retroussé jusqu'aux genoux. Derrière lui, une houe pleine de terre était posée contre le mur de la hutte. Une jeune fille nous a apporté trois chaises pendant que la femme nous souriait tout en broyant les graines de sorgho entre deux pierres.

À peine étions-nous installés qu'un garçon de mon âge a surgi dans la cour en pédalant sur mon vélo. Je n'ai pas réfléchi un instant, j'ai bondi de ma chaise, et me suis élancé vers lui pour saisir le guidon. La famille s'est levée, elle se demandait ce qui se passait, nous lançait des regards désemparés. Le garçon était tellement surpris qu'il n'a pas résisté quand je lui ai enlevé le vélo des mains. Il y a eu un flottement très gênant et Donatien a secoué l'épaule d'Innocent, lui enjoignant de prendre la parole en kirundi pour expliquer la raison de notre présence. Innocent a fait un effort surhumain pour s'extirper de son siège, où il avait déjà pris ses aises. Il semblait las de devoir répéter les explications qu'il avait données un peu plus tôt aux policiers mais a fini par raconter toute l'histoire, depuis le début, d'un ton monocorde. La famille l'écoutait en silence. Le visage du garçon se décomposait au fur et à mesure qu'il comprenait la situation. Quand Innocent a eu terminé, le paysan a commencé à s'expliquer à son tour en penchant la tête vers la gauche et en ouvrant la paume des mains vers le ciel, comme s'il nous implorait de lui laisser la vie sauve. Il disait qu'il s'était sacrifié pour offrir ce cadeau à son fils, qu'il avait économisé longtemps, qu'ils étaient des gens modestes et de bons chrétiens. Innocent donnait l'impression de ne pas l'écouter, il se grattait l'intérieur de l'oreille avec son cure-dent, puis inspectait avec grand intérêt les impuretés au bout de la tige. Donatien était troublé par le désarroi de nos hôtes, il n'osait rien dire. Alors que le paysan continuait de parler, Innocent s'est approché de moi, a saisi le vélo et l'a chargé à l'arrière de la camionnette. Agacé, il a froidement conseillé à la famille de se tourner vers le responsable de leur malheur, qui se trouvait maintenant en prison à Cibitoke. Il disait qu'ils n'avaient qu'à porter plainte contre Calixte pour récupérer leur argent. Il m'a ensuite fait signe de monter dans le véhicule. Donatien nous a rejoints en traînant les pieds. Je voyais bien qu'il réfléchissait à plein régime pour trouver une solution. Quand il s'est assis à côté de moi dans la cabine, il a inspiré profondément.

– Gabriel, par pitié, ne prenons pas le vélo. Ce que nous sommes en train de faire est pire que du vol. Nous brisons le cœur d'un enfant.

– Rien que ça, a rétorqué Innocent.

– Et moi, alors ? j'ai répondu, contrarié. J'ai aussi eu le cœur brisé quand Calixte a volé mon vélo.

– Bien sûr, mais ce vélo a moins d'importance pour toi que pour cet enfant, a poursuivi Donatien. Lui est très pauvre et son père a travaillé dur pour lui offrir ce cadeau. Si nous partons avec le vélo, il n'aura plus jamais la chance d'en avoir un autre.

Innocent a fusillé Donatien du regard.

– À quoi tu joues ? Tu te prends pour Robin des Bois ? Parce que cette famille est pauvre, on devrait lui laisser un bien qui ne lui appartient pas ?

– Innocent, toi et moi avons grandi dans cette pauvreté. Nous savons qu'ils ne récupéreront jamais l'argent et qu'ils auront, au final, injustement perdu les économies de plusieurs années. Tu sais très bien comment cela se passe, mon ami.

– Je ne suis pas ton ami ! Et un conseil : arrête d'avoir pitié de ces gens. Dans ces régions reculées, ils sont tous plus menteurs et voleurs les uns que les autres.

– Gabriel, a dit Donatien en se tournant à nouveau vers moi. On peut dire au patron que nous n'avons pas retrouvé ton vélo et il t'en achètera un autre. Ce sera notre petit secret, que Dieu nous pardonnera car c'est pour faire le Bien. Pour aider un pauvre enfant.

– Tu as l'intention de mentir ? a dit Innocent. Je croyais que ton bon Dieu l'interdisait ? Laisse Gabriel tranquille, arrête de le culpabiliser. De toute façon, ce n'est qu'un foutu paysan le môme, qu'est-ce qu'il va faire avec un BMX ? On y va !

Je n'ai pas voulu me retourner ou regarder dans le rétroviseur. Notre mission était accomplie. Nous avions retrouvé mon vélo. Le reste n'était pas notre affaire, comme disait Innocent.

Quand nous nous sommes enlisés, quelques minutes plus tard, ainsi que l'avait prévu Donatien, il a récité un passage de la Bible qui parlait des temps difficiles, des hommes égoïstes, des derniers jours, et il disait à voix basse toutes sortes de choses qui m'effrayaient. Il a sous-entendu que c'était Dieu qui nous punissait de notre mauvaise action. Durant tout le trajet, j'ai fait mine de dormir pour éviter de croiser son regard. J'avais beau trouver une justification à notre acte, une honte grandissait en moi. Arrivé à la maison, j'ai annoncé à Innocent et Donatien que je ne toucherais plus jamais ce vélo de ma vie pour me racheter de ma conduite. Innocent m'a fixé, incrédule, puis a lâché, d'un ton exaspéré : « Enfant gâté », avant de s'en aller au kiosque s'acheter un nouveau paquet de cure-dents. Donatien s'est penché vers moi, sa grosse tête carrée était à quelques centimètres de mon visage. Son haleine âcre suggérait un estomac vide et acide. Ses yeux pleins d'une colère froide me fixaient jusqu'au fond de l'âme.

– Le mal est fait, gamin, il a articulé lentement.

9

À Bujumbura, Mamie habitait une petite maison au crépi vert, à l'OCAF (Office des cités africaines), Ngagara, quartier 2. Elle vivait avec sa mère, mon arrière-grand-mère Rosalie, et son fils, mon oncle Pacifique, en dernière année au lycée Saint-Albert. C'était un sacré beau gosse, Pacifique. Toutes les filles du quartier lui couraient après. Mais lui n'aimait que ses bandes dessinées, sa guitare et la chanson. Il n'avait pas une aussi belle voix que Maman, mais sa force d'interprétation était remarquable. Il adorait les chanteurs français romantiques qu'on entendait en boucle à la radio, ceux qui parlaient d'amour et de tristesse, et de tristesse en amour. Lorsqu'il les reprenait, ces chansons, elles devenaient siennes. Il fermait les yeux, grimaçait, pleurait et alors toute la famille se taisait, même la vieille Rosalie qui ne comprenait pas un mot de français. On l'écoutait sans bouger, ou alors seulement le bout des oreilles comme les hippopotames qui flottent dans les eaux du port.

À l'OCAF, les voisins étaient surtout des Rwandais qui avaient quitté leur pays pour échapper aux tueries, massacres, guerres, pogroms, épurations, destructions, incendies, mouches tsé-tsé, pillages, apartheids, viols, meurtres, règlements de comptes et que sais-je encore. Comme Maman et sa famille, ils avaient fui ces problèmes et en avaient rencontré de nouveaux au Burundi – pauvreté, exclusion, quotas, xénophobie, rejet, boucs émissaires, dépression, mal du pays, nostalgie. Des problèmes de réfugiés.

L'année de mes huit ans, la guerre avait éclaté au Rwanda. C'était au tout début de mon CE2. On avait entendu sur RFI que des rebelles – qu'on appelait le Front patriotique rwandais (FPR) – avaient attaqué le Rwanda par surprise. Cette armée du FPR était constituée d'enfants de réfugiés rwandais – la génération de Maman et Pacifique – venant des pays limitrophes : Ouganda, Burundi, Zaïre... Maman avait dansé et chanté en apprenant cette nouvelle. Je ne l'avais jamais vue aussi heureuse.

Sa joie avait été de courte durée. Quelques jours plus tard, on avait appris la mort d'Alphonse. Alphonse était le deuxième frère de Maman, l'aîné de la famille, l'orgueil de Mamie. Un homme brillant. Un ingénieur en physique-chimie diplômé des plus grandes universités d'Europe et d'Amérique. Alphonse, qui m'avait donné des cours de mathématiques et m'avait soufflé l'envie de devenir mécanicien. Papa l'aimait beaucoup, il disait : « Avec dix Alphonse, le Burundi devient Singapour en un rien de temps. » Alphonse était un premier de la classe avec l'attitude décontractée d'un cancre. Toujours à plaisanter, à chahuter, à nous chatouiller sous les bras et à embrasser Maman dans le cou pour l'embêter. Et quand il riait, Alphonse, la joie repeignait les murs du petit salon de Mamie.

Il était parti au front sans prévenir personne ni même laisser une lettre. On s'en moquait de ses diplômes, au FPR. Pour eux, c'était un soldat comme les autres. Il est mort là-bas, en brave, pour un pays qu'il ne connaissait pas, où il n'avait jamais mis les pieds. Il est mort là-bas, dans la boue, au champ d'honneur dans un champ de manioc, comme celui qui ne savait ni un ni deux, ni lire ni écrire.

Quand il avait un peu trop bu, Alphonse attrapait l'humeur mélancolique des enfants d'exilés. Un jour, comme s'il avait eu un pressentiment, il avait parlé de ses funérailles. Il avait dit qu'il voulait une grande fête avec des clowns et des jongleurs et des pagnes colorés comme au marché central, et des cracheurs de feu et des oraisons solaires et certainement pas des requiem plombants, des cantiques de Syméon ou des gueules d'enterrement. Le jour des obsèques de tonton Alphonse, Pacifique a pris sa guitare et lui a chanté sa chanson préférée. L'histoire d'un ancien combattant qui dénonce l'absurdité de la guerre. Une chanson à l'image d'Alphonse, drôle en surface et triste dans le fond. Mais Pacifique n'a pas pu aller au bout de la chanson, ses cordes vocales ont lâché.

À présent, c'était Pacifique qui avait décidé de partir à la guerre. Il en avait parlé à Mamie. Alors ce dimanche matin, quand on est revenus de la messe et qu'on s'est mis à table, Maman n'a pas attendu pour aborder le sujet.

– Pacifique, nous sommes inquiets pour toi. Le professeur Kimenyi a contacté Mamie. Tu ne vas plus à Saint-Albert ?

– Tous les Rwandais de ma promotion sont au front. Je me prépare aussi, grande sœur !

– Tu dois attendre. Les accords de paix vont porter leurs fruits. J'étais chez tante Eusébie à Kigali il y a dix jours, ils ont de l'espoir, ils pensent que les choses peuvent s'arranger par la voie politique. Sois patient, s'il te plaît !

– Je n'ai aucune confiance dans ces extrémistes. Le gouvernement rwandais donne le change à la communauté internationale mais à l'intérieur du pays on continue d'armer les milices, d'inciter à la violence dans les médias, de commettre des massacres et des assassinats ciblés. Les politiciens tiennent des discours de haine, appellent la population à nous faire la chasse, à nous jeter dans la rivière Nyabarongo. Il faut s'organiser, nous aussi. Nous devons être prêts à combattre si les accords de paix échouent. Il en va de notre survie, grande sœur.

Les vieilles ne disaient rien. Maman avait les yeux fermés, elle se massait les tempes. La radio des voisins diffusait des chants liturgiques. On entendait nos fourchettes tinter dans les assiettes. Une légère brise remuait le rideau de la fenêtre. Avec la chaleur, une fine couche de sueur luisait sur la belle peau de Pacifique. Le morceau de bœuf qu'il mâchait crispait les muscles de sa mâchoire et je devinais ce qui ne se disait pas autour de la table, ce qui était aussi présent que les mouches qu'Ana retirait de la sauce tomate : la mort d'Alphonse.

Après le déjeuner, Mamie a ordonné à tout le monde d'aller se reposer. Comme d'habitude, je faisais la sieste dans la chambre de Pacifique, celle que Maman avait occupée jeune fille. Il n'y avait pas de fenêtre, simplement deux lits de camp de chaque côté de la petite pièce, et une ampoule peinte en rouge au bout d'un fil dénudé qui jetait une lumière sinistre sur les murs verts tapissés de posters. Pacifique dormait à même les ressorts du sommier, il disait que c'était pour s'habituer aux rudes conditions de vie au front. Le matin, il se levait tôt pour s'entraîner sur la plage avec un petit groupe de jeunes Rwandais. Ils couraient dans le sable le long de la côte. Certains jours, il ne mangeait qu'une poignée de haricots pour se faire à la sensation de faim et aux privations.

Allongé sur le lit, je me remémorais l'image de ce garçon auquel j'avais repris le vélo la veille, et la leçon de morale de Donatien sur l'œuvre de Dieu, le don de soi, le sacrifice et toutes ces choses atrocement culpabilisantes... Depuis hier, je me sentais égoïste et vaniteux, j'avais honte de cette histoire, j'étais passé de victime à bourreau en voulant simplement récupérer ce qui m'appartenait. J'avais besoin de parler à quelqu'un, de chasser mes idées noires. J'ai chuchoté :

– Pacifique, tu dors ?

– Mmmh...

– Tu crois en Dieu ?

– Quoi ?

– Tu crois en Dieu ?

– Non, je suis communiste. Je crois au peuple. Laisse-moi maintenant !

– C'est qui sur le calendrier, au-dessus de ton lit ?

– Fred Rwigema, le chef du FPR. C'est un héros. C'est grâce à lui que nous combattons. Il nous a redonné notre fierté.

– Tu vas combattre avec lui, alors ?

– Il est mort. Au début de l'offensive.

– Ah... Qui l'a tué ?

– Tu poses trop de questions, Petit. Dors !

Pacifique s'est tourné du côté du mur dans un grincement métallique. Je ne dormais jamais à l'heure de la sieste et je n'ai jamais compris l'intérêt de cette activité. La nuit me suffisait pour reprendre des forces. Alors j'attendais que le temps passe. J'avais l'autorisation de me lever seulement si j'entendais un adulte marcher dans la maison. Je scrutais chaque bruit, guettais le premier mouvement qui donnerait le signal et me permettrait de quitter ce matelas. Je devais parfois attendre deux heures. La porte entrouverte de la chambre donnait sur le salon et laissait entrer un peu de lumière. J'examinais les affiches aux murs. C'était des pages de magazines collées grossièrement à la glu. Les vedettes de la jeunesse de Maman côtoyaient celles de Pacifique. France Gall entre Michael Jackson et Jean-Pierre Papin, une photo de Jean-Paul II au Burundi qui empiétait sur une jambe de Tina Turner et sur la guitare de Jimi Hendrix, une publicité kényane pour un dentifrice qui recouvrait un poster de James Dean. Il m'arrivait aussi, pour tuer le temps, de ramasser les BD de Pacifique qui traînaient sous le lit : Alain Chevallier, le Journal de Spirou, Tintin, Rahan...

Lorsque la maison s'est mise à remuer, je me suis précipité hors de mon lit afin de rejoindre Rosalie. Chaque après-midi, elle avait le même rituel. Elle s'installait sur une natte dans l'arrière-cour, ouvrait sa tabatière en ivoire végétal, prenait des pincées de tabac pour bourrer sa pipe en bois, grattait une allumette et aspirait, les yeux fermés, par petites bouffées, les premiers arômes du tabac frais. Ensuite, elle sortait des fibres de sisal ou des feuilles de bananiers d'un sac en plastique pour confectionner des dessous de verre et des paniers coniques. Elle vendait son artisanat dans le centre-ville pour rapporter un peu d'argent à la maisonnée, qui ne survivait que grâce au petit salaire d'infirmière de Mamie et à des aides ponctuelles de Maman.

Rosalie avait des cheveux crépus, gris-blanc, qui se dressaient comme une toque au-dessus de son crâne. Cela donnait à sa tête une forme oblongue dont la dimension semblait disproportionnée pour le cou gracile qui la soutenait, on aurait dit un ballon de rugby posé en équilibre sur une aiguille. Rosalie avait presque cent ans. Il lui arrivait de raconter la vie d'un roi qui s'était rebellé contre les colons allemands puis belges et qui avait été exilé à l'étranger car il refusait de se convertir au christianisme. Je n'arrivais pas à m'intéresser à ces bêtises de monarchie et de pères blancs. Je bâillais et Pacifique, agacé, me reprochait mon manque de curiosité. Maman lui rétorquait que ses enfants étaient des petits Français, qu'il ne fallait pas nous ennuyer avec leurs histoires de Rwandais. Pacifique passait des heures à écouter la vieille lui conter le Rwanda ancien, les hauts faits d'armes, la poésie pastorale, les poèmes panégyriques, les danses Intore, la généalogie des clans, les valeurs morales...

Mamie en voulait à Maman de ne pas nous parler kinyarwanda, elle disait que cette langue nous permettrait de garder notre identité malgré l'exil, sinon nous ne deviendrions jamais de bons Banyarwandas, « ceux qui viennent du Rwanda ». Maman se fichait de ces arguments, pour elle nous étions des petits blancs, à la peau légèrement caramel, mais blancs quand même. S'il nous arrivait de dire quelques mots en kinyarwanda, aussitôt elle se moquait de notre accent. Au milieu de tout ça, je peux vous dire que je me foutais bien du Rwanda, sa royauté, ses vaches, ses monts, ses lunes, son lait, son miel et son hydromel pourri.

L'après-midi touchait à sa fin. Rosalie continuait de raconter son époque, ses souvenirs sépia d'un Rwanda idéalisé. Elle répétait qu'elle ne voulait pas mourir en exil comme le roi Musinga. Qu'il était important qu'elle s'éteigne sur sa terre, dans le pays de ses ancêtres. Rosalie parlait doucement, lentement, avec les intonations d'un joueur de cithare, comme un doux murmure. La cataracte lui faisait les yeux bleus. Il semblait toujours que quelques larmes s'apprêtaient à trébucher sur une de ses joues.

Pacifique s'abreuvait à plein gosier des paroles de la vieille. Sa tête dodelinait, il se laissait bercer par la nostalgie de sa grand-mère. Il s'est approché d'elle pour serrer sa petite main plate et osseuse entre les siennes et lui a soufflé que les persécutions s'arrêteraient, qu'il était temps de rentrer chez eux, que le Burundi n'était pas leur pays, qu'ils n'avaient pas vocation à rester des réfugiés pour l'éternité. La vieille s'accrochait à son passé, à sa patrie perdue et le jeune lui vendait son avenir, un pays neuf et moderne pour tous les Rwandais sans distinction. Pourtant, ils parlaient bien tous les deux de la même chose. Le retour au pays. L'une appartenait à l'Histoire, et l'autre devait la faire.

Un vent chaud nous enveloppait, s'enroulait un instant autour de nous et repartait au loin, emportant avec lui de précieuses promesses. Dans le ciel, les premières étoiles s'allumaient timidement. Elles fixaient la petite cour de Mamie, tout en bas sur terre, un carré d'exil où ma famille s'échangeait des rêves et des espoirs que la vie semblait leur imposer.

10

Au départ, c'était une idée de Gino. Il voulait que l'on trouve un nom pour la bande. On avait cherché longtemps. On avait pensé aux trois mousquetaires mais on était cinq. Les jumeaux n'avaient proposé que des noms ringards, du style « Les cinq doigts de la main » ou « Les meilleurs potes du monde ». Gino a eu l'idée du nom américain. À ce moment-là, c'était la mode des Américains, à l'école, et tout le monde utilisait le mot « cool » à tout bout de champ, marchait en boitant, se faisait des dessins dans les cheveux et jouait au basket-ball avec des habits amples. Mais Gino a surtout eu cette idée à cause des chanteurs américains Boyz II Men qu'on voyait les samedis à la télé dans l'émission « Au-delà du Son ». On s'est dit que c'était bien, parce qu'il y avait un Burundais dans ce groupe, et ça lui rendait hommage. Enfin, on n'était pas sûrs, mais à Bujumbura, la rumeur, la fameuse, disait que le grand maigre de Boyz II Men était un mec de Bwiza ou de Nyakabiga, bien qu'aucun journaliste n'ait confirmé l'information. Gino voulait aussi ce nom, Kinanira Boyz, pour nous affirmer comme les nouveaux rois de la rue, montrer qu'on contrôlait le quartier, que personne d'autre ne pouvait instaurer sa loi.

L'impasse était la zone qu'on connaissait le mieux, c'était là que nous vivions tous les cinq. Les jumeaux habitaient en face de chez moi, à l'entrée de l'impasse, la première maison à gauche. Ils étaient métis, leur père était français et leur mère burundaise. Leurs parents possédaient une boutique de location de cassettes vidéo, essentiellement des comédies américaines et des films d'amour indien. Les après-midi, quand il pleuvait des hallebardes, on se retrouvait chez eux et on passait le temps devant la télé. Il nous arrivait de regarder en cachette des films de sexe pour adultes, mais on n'aimait pas trop, sauf Armand, qui fixait les images avec des yeux exorbités en se frottant contre un oreiller comme un chien sur une jambe.

Armand habitait la grande maison en brique blanche au fond de l'impasse. Ses deux parents étaient burundais, il était donc le seul noir de la bande. Son père était un homme charpenté aux rouflaquettes si longues qu'elles rejoignaient sa moustache, formant un cercle autour des yeux et du nez. Il était diplomate pour le Burundi dans les pays arabes et connaissait personnellement beaucoup de chefs d'État. Armand avait épinglé au-dessus de son lit une photo sur laquelle on le voyait bébé, en barboteuse, sur les genoux du colonel Kadhafi. À cause des nombreux voyages de son père, Armand vivait la plupart du temps avec sa mère et ses grandes sœurs, des bigotes aigries que je n'avais jamais vues sourire. Dans sa famille, ils étaient coincés et stricts, mais lui avait malgré tout décidé de danser et de faire le pitre dans la vie. Il craignait son père, qui ne rentrait de voyages que pour affirmer son autorité sur ses enfants. Pas de câlins, pas de mots doux. Jamais ! Une baffe dans la gueule et il reprenait fissa son avion pour Tripoli ou Carthage. Résultat, Armand avait deux personnalités. Celle à la maison et celle dans la rue. Un côté pile, un côté face.

Et puis, il y avait Gino. L'aîné du groupe. Un an et neuf mois de plus. Il avait redoublé exprès pour être dans la même classe que nous. Enfin, c'est comme ça qu'il justifiait son échec. Il vivait avec son père, derrière le portail rouge au milieu de l'impasse, dans une vieille maison coloniale. Son père était belge, professeur en sciences politiques à l'Université de Bujumbura. Sa mère était rwandaise, comme Maman, mais on ne l'avait jamais vue. Parfois il racontait qu'elle travaillait à Kigali, et d'autres fois qu'elle était en Europe.

On passait notre temps à se disputer, avec les copains, mais y a pas à dire, on s'aimait comme des frères. Les après-midi, après le déjeuner, on filait tous les cinq vers notre quartier général, l'épave abandonnée d'un Combi Volkswagen au milieu du terrain vague. Dans la voiture on discutait, on rigolait, on fumait des Supermatch en cachette, on écoutait les histoires incroyables de Gino, les blagues des jumeaux, et Armand nous révélait les trucs invraisemblables qu'il était capable de faire, comme montrer l'intérieur de ses paupières en les retournant, toucher son nez avec sa langue, tordre son pouce en arrière jusqu'à ce qu'il atteigne son bras, décapsuler des bouteilles avec les dents du devant ou croquer du pili-pili et l'avaler sans ciller. Dans le Combi Volkswagen, on décidait nos projets, nos escapades, nos grandes vadrouilles. On rêvait beaucoup, on s'imaginait, le cœur impatient, les joies et les aventures que nous réservait la vie. En résumé, on était tranquilles et heureux, dans notre planque du terrain vague de l'impasse.

Cet après-midi-là, on vadrouillait dans le quartier pour cueillir des mangues. On avait abandonné la technique qui consiste à lancer des pierres pour les décrocher des arbres le jour où Armand avait envoyé un caillou un peu trop loin et avait endommagé la carrosserie de la Mercedes de son père. Son vieux lui avait infligé une correction mémorable. Depuis le fond de l'impasse jusqu'à la route de Rumonge, ses cris avaient résonné, en écho au sifflement du ceinturon. Après cet épisode, nous avons fabriqué de longues perches, surmontées de crochets en fil de fer, maintenus par des vieilles chambres à air. Les tiges faisaient plus de six mètres et nous permettaient de décrocher même les mangues les plus inaccessibles.

Le long de la route asphaltée, quelques automobilistes nous ont insultés à cause de nos dégaines. Pieds nus, torses nus, avec nos perches qui raclaient le sol et nos tee-shirts qui servaient de baluchons pour les mangues récoltées, on avait une drôle d'allure.

Une dame élégante, probablement une amie des parents d'Armand, est passée devant nous. En reconnaissant Armand, avec son ventre à l'air et ses pieds pleins de poussière, elle a levé les yeux au ciel et fait un signe de croix : « Mon Dieu ! Rhabille-toi vite, mon enfant. Tu ressembles à un petit voyou des rues. » Les adultes, parfois, étaient trop drôles.

De retour dans l'impasse, nous avons été attirés par les grosses mangues qui pendaient dans le jardin des Von Gotzen. Avec les perches, nous avons réussi à en tirer quelques-unes depuis la route, mais les plus appétissantes étaient bien trop loin. Il aurait fallu escalader le muret, mais on avait peur de tomber sur M. Von Gotzen, un vieil Allemand un peu fou, collectionneur d'arbalètes, qui avait fait de la prison une première fois pour avoir uriné dans le repas de son jardinier – car ce dernier avait osé demander une augmentation de salaire – et une seconde fois pour avoir enfermé son boy dans le congélateur car il lui reprochait d'avoir carbonisé ses bananes flambées. Sa femme, plus discrète et plus raciste encore, jouait tous les jours au golf sur le terrain de l'hôtel Méridien et était présidente du cercle hippique de Bujumbura, où elle passait l'essentiel de son temps à s'occuper de son cheval, un magnifique pur-sang à la robe noire luisante. Leur maison était la plus belle de l'impasse, la seule à posséder un étage et une piscine, mais on préférait l'éviter.

En face, derrière chez les jumeaux, se trouvait la maison de Mme Economopoulos, une vieille Grecque qui n'avait pas d'enfants, mais bien une dizaine de teckels. Nous sommes entrés chez elle en passant sous la clôture, grâce à un trou que des chiens du quartier avaient creusé pour leurs visites nocturnes, lorsque les femelles teckels étaient en chaleur. Dans le jardin ombragé, il y avait non seulement un immense manguier, mais aussi des vignes couvertes de raisins, probablement les seules du pays, ainsi que des fleurs à foison.

Armand et moi chipions des grappes pendant que Gino et les jumeaux décrochaient des mangues charnues, quand le domestique de la Grecque est arrivé, furieux, brandissant un balai au-dessus de sa tête. Il a ouvert l'enclos des teckels qui se sont lancés à notre poursuite. On a fui aussi vite qu'on a pu, en se faufilant à nouveau sous la clôture. Dans la précipitation, Armand a déchiré son short qui s'est accroché au fil barbelé. Avec sa raie des fesses à l'air, il nous a fait rire un bon quart d'heure. Après ça, nous nous sommes postés devant le portail de Mme Economopoulos. Nous savions qu'elle rentrait du centre-ville tous les jours à la même heure et qu'elle serait heureuse de nous voir.

Quand elle est arrivée dans sa petite Lada rouge, nous nous sommes précipités à sa portière pour lui vendre nos mangues. Ou plutôt les siennes... Elle nous en a acheté une petite dizaine, le temps que son employé de maison ouvre le portail et que nous détalions avec notre billet de mille francs en poche. Il a jeté son balai en l'air, hors de lui, en nous insultant en kirundi, mais nous étions déjà loin.

Avec le reste de notre récolte, nous sommes retournés dans le Combi Volkswagen pour nous gaver de mangues. Une orgie. Le jus nous coulait sur le menton, les joues, les bras, les vêtements, les pieds. Les noyaux glissants étaient sucés, tondus, rasés. L'envers de la peau du fruit raclé, curé, nettoyé. La chair filandreuse nous restait entre les dents.

Une fois rassasiés, saouls de tout ce jus et de toute cette pulpe, le souffle court et le ventre rond, nous nous sommes enfoncés tous les cinq au fond des vieux sièges poussiéreux du Combi Volkswagen, la tête basculée en arrière. Nos mains étaient poisseuses, nos ongles noirs, nos rires faciles et nos cœurs sucrés. C'était le repos des cueilleurs de mangues.

– Ça vous dit d'aller jouer dans la rivière Muha ? a lancé Armand.

– Nan, je préfère aller pêcher au Cercle nautique ! a dit Gino.

– Pourquoi pas une partie de foot sur le terrain du Lycée international ? ont rétorqué les jumeaux.

– Et pourquoi on irait pas chez le petit Suisse jouer à l'Atari ? j'ai dit.

– Oublie, c'est un con ! Il fait payer cinq cents balles la partie de Pac-Man !

Nous avons fini par descendre la rivière Muha à pied jusqu'au Cercle nautique. Une vraie expédition. À un moment donné, nous sommes tombés sur une cascade qui a bien failli emporter les jumeaux. Avec la saison des pluies, le courant était puissant. Devant le Cercle nautique, nous avons fabriqué nos propres cannes à pêche avec des roseaux de bambous, et nous avons acheté des asticots et de la farine pour appâter les poissons. Le vendeur était un Omanais du quartier asiatique qui traînait toujours sur la plage. Les gens l'appelaient Ninja parce qu'il passait son temps à faire des mouvements de karaté dans le vide et à crier comme s'il se battait contre des milliers d'ennemis invisibles. Les adultes disaient qu'il était fou, avec ses katas. Nous, les enfants, on aimait bien, on trouvait ça plus normal que bien des choses que font les adultes, comme organiser des défilés militaires, vaporiser du déodorant sous les bras, porter des cravates quand il fait chaud, boire des bières toute la nuit assis dans le noir ou écouter ces interminables chansons de rumba zaïroise.

Nous nous sommes installés sur la berge, devant le restaurant du Cercle, à quelques mètres d'un groupe d'hippopotames en pleins ébats amoureux. Le vent soufflait fort, les vagues moutonnaient sur le lac, l'écume au pied des rochers ressemblait à de la mousse de savon. Gino s'est mis à uriner dans l'eau. Il voulait lancer le concours du jet le plus long. Mais personne n'avait envie de jouer. Les jumeaux se remettaient à peine de leur circoncision, Armand était du genre pudique concernant cette partie du corps, et moi, voyant que les autres ne suivaient pas, je me suis dégonflé.

– Bande de poules mouillées, banc de poissons puceaux, bouts de viande de chèvre avariée !

– On t'emmerde, Gino, t'as qu'à pisser jusqu'au Zaïre, Mobutu t'enverra la BSP pour te couper les couilles.

– Moi, c'est celles de Francis que je vais couper si je le vois encore traîner dans notre zone, a dit Gino, tout en continuant de se soulager le plus loin possible.

– C'est reparti ! Ça faisait longtemps que tu n'avais pas parlé de lui. On va finir par croire que tu as le béguin.

– Kinanira, c'est chez nous ! Je vais lui faire sa fête à ce fils de prépuce ! a-t-il crié en ouvrant grand les bras, face au vent.

– Arrête de crâner, tu ne lui feras rien. T'as qu'une grande gueule de gavial !

Francis était un vieux, dans les treize-quatorze ans. C'était le pire ennemi de Gino et de notre bande. Sauf que Francis était plus fort que nous cinq réunis. Il n'était pourtant pas costaud, bien au contraire, il ressemblait à un fil de fer. Sec comme du bois mort. Mais il paraissait invincible. Ses bras et ses jambes étaient comme des lianes raturées de cicatrices et de brûlures. À certains endroits, on aurait dit qu'il avait des plaques de fer sous la peau, qui le rendaient insensible à la douleur. Un jour, il nous avait attrapés, Armand et moi, pour nous racketter les chewing-gums Jojo qu'on venait de se payer au kiosque. Je lui avais balancé un sacré coup de pied dans le tibia pour me dégager et il n'avait pas bronché. Ça m'avait scotché.

Francis vivait avec un vieil oncle, devant le pont Muha, à seulement une rue et demie de l'impasse, dans une maison lugubre recouverte de lichen. La rivière coulait au fond de son jardin, marron et visqueuse comme un python de Seba. On se cachait dans le caniveau quand on passait devant chez lui. Il nous détestait, disait qu'on était des gosses de riches, avec papa-maman et le petit goûter à quatre heures. Ça faisait enrager Gino, qui rêvait d'être reconnu comme le plus grand lascar de Bujumbura. Francis racontait qu'il était un ancien *mayibobo*, un gosse des rues, et qu'il connaissait personnellement les gangs de Ngagara et de Bwiza, ceux qu'on appelait les « Sans Échec » et les « Sans Défaite » et dont on parlait depuis quelque temps dans le journal car ils rançonnaient les honnêtes citoyens.

Je n'osais pas le dire aux autres mais j'avais peur de Francis. Je n'aimais pas trop quand Gino insistait sur la bagarre et la baston pour protéger l'impasse parce que je voyais bien que les copains étaient de plus en plus motivés par ce qu'il racontait. Moi aussi, je l'étais un peu, mais je préférais quand on fabriquait des bateaux avec des troncs de bananiers pour descendre la Muha, ou quand on observait aux jumelles les oiseaux dans les champs de maïs derrière le Lycée international, ou encore quand on construisait des cabanes dans les ficus du quartier et qu'on vivait des tas de péripéties d'Indiens et de Far West. On connaissait tous les recoins de l'impasse et on voulait y rester pour la vie entière, tous les cinq, ensemble.

J'ai beau chercher, je ne me souviens pas du moment où l'on s'est mis à penser différemment. À considérer que, dorénavant, il y aurait nous d'un côté et, de l'autre, des ennemis, comme Francis. J'ai beau retourner mes souvenirs dans tous les sens, je ne parviens pas à me rappeler clairement l'instant où nous avons décidé de ne plus nous contenter de partager le peu que nous avions et de cesser d'avoir confiance, de voir l'autre comme un danger, de créer cette frontière invisible avec le monde extérieur en faisant de notre quartier une forteresse et de notre impasse un enclos.

Je me demande encore quand, les copains et moi, nous avons commencé à avoir peur.

11

Rien n'est plus doux que ce moment où le soleil décline derrière la crête des montagnes. Le crépuscule apporte la fraîcheur du soir et des lumières chaudes qui évoluent à chaque minute. À cette heure-ci, le rythme change. Les gens rentrent tranquillement du travail, les gardiens de nuit prennent leur service, les voisins s'installent devant leur portail. C'est le silence avant l'arrivée des crapauds et des criquets. Souvent le moment idéal pour une partie de football, pour s'asseoir avec un ami sur le muret au-dessus du caniveau, écouter la radio l'oreille collée au poste ou rendre visite à un voisin.

Les après-midi d'ennui finissent enfin par expirer à petits pas fuyants et c'est dans cet intervalle, dans ces instants épuisés, que je retrouvais Gino devant son garage, sous le frangipanier odorant, et qu'on s'allongeait tous les deux sur la natte du *zamu*, le veilleur de nuit. On écoutait les nouvelles du front sur le petit poste grésillant. Gino ajustait l'antenne pour atténuer la friture. Il me traduisait chaque phrase, y mettait tout son cœur.

La guerre au Rwanda avait recommencé depuis quelques jours. Pacifique avait fini par prendre son barda et laisser sa guitare derrière lui. Le FPR était en route pour nous rendre notre liberté, claironnait Gino. Il pestait d'être assis là à ne rien faire, pour lui nous étions des poltrons, nous devions aller combattre. La rumeur disait que des métis comme nous étaient partis. Gino affirmait même que certains étaient des Kadogos, des enfants-soldats de douze-treize ans.

Gino, mon pote qui avait peur des mygales qu'on ramassait dans son jardin et qui se mettait à plat ventre quand on entendait un orage au loin, ce même Gino voulait mener une guérilla avec une kalachnikov plus grande que lui dans le brouillard des montagnes des Virunga. Avec une branche, il s'était tatoué FPR sur l'avant-bras en se grattant l'épiderme jusqu'au sang. Sa peau avait mal cicatrisé pour laisser trois lettres boursouflées. Il était moitié rwandais comme moi, mais je l'enviais secrètement car il parlait parfaitement kinyarwanda et savait exactement qui il était. Papa s'énervait de voir un gamin de douze ans prendre part aux conversations d'adultes. Mais pour Gino, la politique n'avait pas de secret. Son père était professeur d'université et lui demandait toujours son avis sur l'actualité, lui conseillait de lire tel article dans *Jeune Afrique* et tel autre dans *Le Soir*. Du coup, Gino comprenait toujours ce que disaient les grandes personnes. C'était son handicap.

Gino, le seul enfant que je connaissais qui, au petit déjeuner, buvait du café noir sans sucre et écoutait les informations de Radio France internationale avec le même enthousiasme que j'avais à suivre un match du Vital'O Club. Quand nous étions tous les deux, il insistait pour que j'acquière ce qu'il appelait une « identité ». Selon lui, il y avait une manière d'être, de sentir et de penser que je devais avoir. Il avait les mêmes mots que Maman et Pacifique et répétait qu'ici nous n'étions que des réfugiés, qu'il fallait rentrer chez nous, au Rwanda.

Chez moi ? C'était ici. Certes, j'étais le fils d'une Rwandaise, mais ma réalité était le Burundi, l'école française, Kinanira, l'impasse. Le reste n'existait pas. Pourtant, avec la mort d'Alphonse et le départ de Pacifique, il m'arrivait de penser que j'étais moi aussi concerné par ces événements. Mais j'avais peur. Peur de la réaction de Papa s'il me voyait parler de ces histoires-là. Peur parce que je ne voulais pas mettre de pagaille dans mon ordre des choses. Peur parce qu'il s'agissait de la guerre et que, dans mon esprit, ça ne pouvait être que du malheur et de la tristesse.

Ce soir-là, nous écoutions la radio et la nuit nous était tombée dessus à l'improviste. Nous nous sommes repliés dans la maison. Les murs du salon de Gino étaient une vraie galerie de portraits d'animaux. Son père était un mordu de photographie. Les week-ends, il partait, chapeau-chemisette-capitula-sandalettes-chaussettes, en safari-photo dans le parc naturel de la Ruvubu. Puis il faisait ses tirages dans la salle de bains calfeutrée. La maison empestait le cabinet de dentiste, les émanations des produits chimiques utilisés pour son laboratoire photo se mélangeaient à l'eau de toilette dont son père s'aspergeait en abondance. C'était un spectre, son vieux. On ne le voyait jamais, mais on devinait sa présence à cause de cette odeur de chiottes javellisées qui lui collait à la peau et du bruit que faisait la machine à écrire sur laquelle il marteau-piquait ses cours et ses livres politiques à longueur de vie. Le père de Gino aimait l'ordre et la propreté. Quand il faisait un truc, comme ouvrir les rideaux ou arroser les plantes, il disait : « Voilà, ça c'est fait ! » Et toute sa foutue journée, il cochait dans sa tête ce qu'il accomplissait en marmonnant : « Une bonne chose de faite ! » Il se brossait les poils des avant-bras dans un sens précis. Il avait une calvitie de moine qu'il dissimulait en rabattant les cheveux du côté par-dessus la tonsure. Les jours de cravate, c'était le côté droit, les jours de nœud papillon, le côté gauche. Et il taillait minutieusement la longueur de ce capot capillaire de manière à laisser de la place pour une petite raie bien dégagée, comme une tranchée sans camouflage. Dans le quartier, son surnom c'était Kodak, non pas à cause de sa passion pour la photographie, mais parce qu'il avait des tonnes de pellicules dans ses cheveux gras.

Une fois chez lui, Gino n'était pas marrant, il avait moins le goût à rigoler, à cracher, à roter, à coincer ma tête entre ses fesses pour lâcher des gaz. Il me suivait comme un caniche amoureux pour vérifier si j'avais bien tiré la chasse d'eau, si je n'avais pas laissé de petites gouttes sur la lunette des water-closets, si j'avais bien remis les bibelots du salon à leur place. Les maniaqueries de son père se répercutaient sur lui et rendaient la maison froide et inhospitalière.

Cette nuit-là était tropicale, mais l'impression d'un vent polaire parcourait les pièces et Gino lui-même s'en rendait compte. Au bout de quelques minutes, on s'est regardés et on a senti que ni lui ni moi n'étions à l'aise dans sa baraque. Sans demander notre reste, on a quitté la lumière blafarde des néons, laissé les papillons nocturnes se faire becqueter par les geckos, et on s'est éloignés du cliquetis exaspérant de l'Olivetti paternelle pour retrouver la nuit rassurante.

L'impasse était un cul-de-sac de deux cents mètres, une piste de terre et de cailloux avec, en son centre, des avocatiers et des grevilleas qui créaient naturellement une route à deux voies. Des brèches dans les clôtures de bougainvilliers permettaient de discerner d'élégantes maisons au milieu de jardins plantés d'arbres fruitiers et de palmiers. Les plants de citronnelle bordant les caniveaux dégageaient un doux parfum qui éloignait les moustiques.

Quand on se baladait tous les deux dans l'impasse, on aimait se tenir par la main comme des amis et se raconter nos histoires. De la bande, Gino était le seul à qui j'osais parfois me confier, malgré ma timidité. Avec la séparation de mes parents, je me posais des questions nouvelles.

– Elle ne te manque pas, ta mère ?

– Je vais bientôt la voir. Elle est à Kigali.

– La dernière fois, tu ne m'as pas dit qu'elle était en Europe ?

– Si, mais elle est rentrée.

– Et tes parents, ils sont séparés ?

– Non, pas vraiment. C'est juste qu'ils ne vivent pas ensemble.

– Ils ne s'aiment plus ?

– Si. Pourquoi tu me demandes ça ?

– Parce qu'ils ne vivent pas ensemble. C'est pas comme ça quand les parents ne s'aiment plus ?

– C'est comme ça pour toi, Gaby, pas pour moi...

Lentement, on se rapprochait de la lumière pâle de la lampe tempête qui pendait aux barreaux du kiosque. Devant le container transformé en épicerie, j'ai sorti ce qui restait des mille francs que Mme Economopoulos nous avait filés. On s'est acheté un paquet de biscuits Tip Top et des chewing-gums Jojo. Comme il nous restait pas mal d'argent, Gino a proposé de me payer une bière au cabaret qui se trouvait dans un renfoncement de l'impasse, sous un flamboyant rabougri.

Le cabaret était la plus grande institution du Burundi. L'agora du peuple. La radio du trottoir. Le pouls de la nation. Chaque quartier, chaque rue possédait ces petites cabanes sans lumières, où, à la faveur de l'obscurité, on venait prendre une bière chaude, installé inconfortablement sur un casier ou un tabouret, à quelques centimètres du sol. Le cabaret offrait aux buveurs le luxe d'être là sans être reconnus, de participer aux conversations, ou pas, sans être repérés. Dans ce petit pays où tout le monde se connaissait, seul le cabaret permettait de libérer sa parole, d'être en accord avec soi. On y avait la même liberté que dans un isoloir. Et pour un peuple qui n'avait jamais voté, donner sa voix avait son importance. Que l'on soit grand bwana ou simple boy, au cabaret, les cœurs, les têtes, les ventres et les sexes s'exprimaient sans hiérarchie.

Gino a commandé deux Primus. Il aimait venir là pour entendre parler politique. Combien étions-nous, assis comme ça, sous l'auvent en tôle ondulée de la petite bicoque ? Personne ne le savait et cela importait peu. L'obscurité nous plongeait dans des ténèbres d'où seule la parole émergeait, ici ou là, au hasard, et s'éteignait aussitôt comme une étoile filante. Entre chaque intervention, les pauses duraient des éternités. Et puis une nouvelle voix surgissait du néant, affleurait et repartait s'éteindre dans un fondu au silence.

– Je vous le dis, la démocratie est une bonne chose. Le peuple va enfin décider de son sort. Il faut se réjouir de ces élections présidentielles. Elles vont nous apporter paix et progrès.

– Laissez-moi m'inscrire en faux, cher compatriote. La démocratie est une invention des blancs qui a pour seul but de nous diviser. Nous avons commis une erreur en abandonnant le parti unique. Il a fallu des siècles et bien des conflits pour que les blancs arrivent au stade où ils en sont. Ils nous demandent aujourd'hui d'accomplir la même chose en l'espace de quelques mois. Je crains que nos dirigeants ne jouent aux apprentis sorciers avec un concept dont ils ne maîtrisent guère les tenants et les aboutissants.

– Qui ne sait pas grimper à l'arbre reste à terre.

– J'ai encore soif...

– Culturellement, nous avons le culte du roi. Un chef, un parti, une nation ! Voilà l'unité dont il est question dans notre devise.

– Le chien ne peut pas devenir une vache.

– Je n'arrive pas à étancher cette satanée soif...

– C'est une unité de façade. Nous devons développer le culte du peuple, seul vrai garant d'une paix durable.

– Sans travail préalable de justice, je crains que la paix, cadre nécessaire pour la démocratie, ne soit tout simplement impossible ! Des milliers de nos frères ont été massacrés en 1972 et pas un seul procès. Si rien n'est fait, les fils finiront par venger leurs pères.

– Balivernes ! Ne remuons pas le passé, l'avenir est une marche en avant. À mort l'ethnisme, le tribalisme, le régionalisme, les antagonismes !

– Et l'alcoolisme !

– J'ai soif, j'ai soif, j'ai soif, j'ai soif, j'ai soif, j'ai soif...

– Mes frères, Dieu nous accompagne sur notre chemin comme il a accompagné son fils jusqu'au Golgotha...

– Ça y est, je sais. C'est à cause d'elle que j'ai soif. Il me faut une autre bière.

– Les blancs auront réussi leur plan machiavélique. Ils nous ont refilé leur Dieu, leur langue, leur démocratie. Aujourd'hui, on va se faire soigner chez eux et on envoie nos enfants étudier dans leurs écoles. Les nègres sont tous fous et foutus...

– Elle m'aura tout pris cette salope, mais elle ne m'enlèvera pas ma soif.

– Nous vivons sur le lieu de la Tragédie. L'Afrique a la forme d'un revolver. Rien à faire contre cette évidence. Tirons-nous. Dessus ou ailleurs, mais tirons-nous !

– L'avenir résulte du passé comme l'œuf de la poule.

– Bière ! bière ! bière ! bière ! bière ! bière ! bière ! bière ! bière ! bière ! bière ! bière !

Nous sommes restés là encore un moment, à écluser silencieusement nos Primus chaudes, et puis j'ai chuchoté au revoir à l'oreille de Gino. Avec l'alcool dans mon sang, je n'étais plus sûr que cette ombre à côté de moi était bien la sienne. Fallait que je rentre. Papa allait s'inquiéter. J'ai regagné la maison en descendant l'impasse dans l'obscurité. Je titubais légèrement. Des hululements descendaient des branchages. Le ciel était vide au-dessus de ma tête, et dans le noir me parvenaient encore les paroles nocturnes. Les soûlards, au cabaret, ils causent, s'écoutent, décapsulent des bières et des pensées. Ce sont des âmes interchangeables, des voix sans bouche, des battements de cœur désordonnés. À ces heures pâles de la nuit, les hommes disparaissent, il ne reste que le pays, qui se parle à lui-même.

12

Frodebu. Uprona. C'était le nom des deux grandes formations politiques qui se disputaient les élections présidentielles du 1er juin 1993, après trente années d'un règne sans partage de l'Uprona. On n'entendait plus que ces deux mots toute la journée. À la radio, à la télévision, dans la bouche des adultes. Comme Papa ne voulait pas qu'on s'occupe de politique, j'écoutais ailleurs quand on en parlait.

Dans tout le pays, la campagne électorale prenait des allures de fête. Les partisans de l'Uprona s'habillaient avec des tee-shirts et des casquettes rouge et blanc, et quand ils se croisaient, ils se faisaient un signe avec les trois doigts du milieu levés. Les supporters du Frodebu avaient choisi le vert et blanc et leur signe de ralliement était un poing levé. Partout, sur les places publiques, dans les parcs et les stades, on chantait, on dansait, on riait, on organisait de grandes kermesses tonitruantes. Prothé, le cuisinier, n'avait plus que le mot démocratie en bouche. Même lui, toujours sérieux avec sa mine de chien battu, avait changé. Parfois, je le surprenais dans la cuisine à tortiller ses fesses de paludéen et à chanter d'une voix de crécelle : « Frodebu Komera ! Frodebu Komera ! » (« Frodebu ça va ! ») Quel plaisir de voir la gaieté que la politique procurait ! C'était une joie comparable à celle des matchs de football du dimanche matin. Je comprenais encore moins pourquoi Papa refusait que les enfants parlent de tout ce bonheur, de ce vent de renouveau qui décoiffait les cheveux des gens et remplissait leurs cœurs d'espoir.

La veille de l'élection présidentielle, j'étais installé sur les marches de la cuisine, dans la cour arrière de la maison, occupé à éclater les tiques du chien et à lui retirer des vers de cayor. Prothé, accroupi, lavait le linge devant l'évier écaillé en fredonnant un chant religieux. Après avoir rempli une grande bassine d'eau et versé le contenu d'une boîte de lessive OMO, il avait plongé la pile de linge dans le liquide bleu. Donatien, assis sur une chaise en face de nous, cirait ses chaussures. Il portait un abacost anthracite et un peigne en plastique était planté dans ses cheveux.

Innocent prenait sa douche, un peu plus loin, au fond du jardin. Sa tête et ses pieds dépassaient de la plaque en tôle rouillée qui servait de porte au coin douche. Pour agacer Prothé, il avait inventé une chanson qui moquait le Frodebu et la chantait à tue-tête. « Le Frodebu dans la boue, l'Uprona vaincra. » Tout en lançant vers Innocent des regards prudents pour être sûr de ne pas être entendu, Prothé a maugréé :

– Il peut bien continuer ces enfantillages autant qu'il veut, ils ne gagneront pas, cette fois. Je vais même te dire, Donatien : ils sont aveuglés par trente ans de pouvoir, et leur défaite n'en sera que plus cinglante.

– Ne sois pas présomptueux, mon ami, c'est péché. Innocent est jeune et arrogant, mais toi, tu dois faire preuve de sagesse. Ne te laisse pas distraire par ces provocations puériles.

– Tu as raison, Donatien. Mais j'ai quand même hâte de voir sa tête quand il apprendra notre victoire.

Innocent est sorti de la douche, torse nu, et s'est avancé jusqu'à nous avec la démarche d'un félin. Les gouttelettes d'eau dans ses cheveux crépus brillaient au soleil, lui faisaient une tonsure blanche. Il s'est arrêté devant Prothé, qui a baissé la tête et s'est mis à frotter le linge encore plus énergiquement. Innocent a enfoncé une main dans sa poche et en a sorti un de ses foutus cure-dent qu'il a jeté dans sa cavité buccale. Pour nous impressionner, il contractait ses muscles et prenait la pose, tout en fixant la nuque de Prothé avec mépris.

– Hé, toi, le boy !

Prothé s'est arrêté net de frotter. Il s'est déplié de toute sa taille et a planté ses yeux dans ceux d'Innocent avec une attitude froide de défi. Donatien a cessé de cirer ses chaussures. J'ai lâché la patte du chien. Innocent n'en revenait pas de voir le frêle Prothé lui tenir tête. Déstabilisé par tant d'aplomb, il a fini par esquisser un petit sourire narquois, légèrement gêné, a craché son cure-dent par terre et s'est éloigné en faisant le signe de l'Uprona par-dessus sa tête, les trois doigts du milieu levés. Prothé l'a regardé s'éloigner. Quand Innocent a disparu derrière le portail, il a repris place devant sa bassine d'eau et s'est remis à chantonner « Frodebu Komera... ».

13

C'était un matin comme un autre. Le coq qui chante. Le chien qui se gratte derrière l'oreille. L'arôme du café qui flotte dans la maison. Le perroquet qui imite la voix de Papa. Le bruit du balai qui gratte le sol dans la cour d'à côté. La radio qui hurle dans le voisinage. Le margouillat aux couleurs vives qui prend son bain de soleil. La colonne de fourmis qui emporte les grains de sucre qu'Ana a fait tomber de la table. Un matin comme un autre.

Pourtant, c'était une journée historique. Partout dans le pays, les gens s'apprêtaient à voter pour la première fois de leur vie. Dès les premières lueurs du jour, ils avaient commencé à se rendre au bureau de vote le plus proche. Un cortège interminable de femmes aux pagnes colorés et d'hommes soigneusement endimanchés marchait le long de la grand-route, où défilaient des minibus pleins à craquer d'électeurs euphoriques. Sur le terrain de football, à côté de la maison, le monde affluait de toute part. On avait installé des tables de vote et des isoloirs sur la pelouse. Je regardais à travers la clôture cette longue file d'électeurs qui patientaient sous le soleil. Les gens étaient calmes et disciplinés. Dans la foule, certains n'arrivaient pas à contenir leur joie. Une vieille femme vêtue d'un pagne rouge et d'un tee-shirt Jean-Paul II est sortie de l'isoloir en dansant. Elle chantait : « Démocratie ! Démocratie ! » Un groupe de jeunes gens s'est approché d'elle pour la soulever en jetant des hourras vers le ciel. Aux quatre coins du terrain de football, on remarquait aussi la présence de blancs et d'Asiatiques portant des gilets multipoches, au dos desquels était inscrit : « Observateurs internationaux ». Les Burundais avaient conscience de l'importance du moment, de la nouvelle ère qui s'ouvrait. Cette élection mettait fin au parti unique et aux coups d'État. Chacun était enfin libre de choisir son représentant. À la fin de la journée, quand les derniers électeurs sont partis, le terrain de football ressemblait à un vaste champ de bataille. L'herbe avait été piétinée. Des papiers jonchaient le sol. Avec Ana, nous nous sommes faufilés sous la clôture. Nous avons rampé jusqu'aux isoloirs. Nous avons ramassé des bulletins de vote oubliés. Il y avait ceux du Frodebu, de l'Uprona et du PRP. Je voulais garder un souvenir de ce jour mémorable.

Le lendemain, c'était étrange. Rien ne bougeait. Dans l'attente des résultats, la ville était anxieuse. À la maison, le téléphone sonnait sans arrêt. Papa refusait que j'aille dans l'impasse voir les copains. Notre jardin était vide, le gardien avait disparu. Très peu de voitures circulaient dans la rue. Un contraste impressionnant avec l'allégresse de la veille.

Pendant la sieste de Papa, je me suis échappé par la porte de derrière. Je voulais parler à Armand. Par son père, il devait forcément avoir des informations. J'ai frappé au portail et j'ai demandé à l'employé de maison de l'appeler. Quand Armand est arrivé, il m'a dit que son père tournait en rond dans la maison en fumant des cigarillos et mettait beaucoup plus de sucre que d'habitude dans son thé. Le téléphone n'arrêtait pas de sonner chez lui aussi. Il m'a conseillé de rentrer, de ne pas traîner dans la rue, on ne savait pas ce qui pouvait se passer. Des rumeurs inquiétantes circulaient.

Un peu avant la tombée de la nuit, on était assis tous les trois dans le salon, Papa, Ana et moi, quand quelqu'un a appelé mon père pour lui dire d'allumer la radio. Il faisait sombre, Ana se rongeait les ongles et Papa cherchait la station. Il a fini par trouver la fréquence, au moment où la speakerine de la Radio Télévision Nationale annonçait l'imminence de la proclamation des résultats. Il y a eu le souffle d'une vieille bande, puis une fanfare accompagnée d'une chorale qui chantait à tue-tête : « Burundi Bwacu, Burundi Buhire... » Après l'hymne national, le ministre de l'Intérieur a pris la parole. Il a annoncé la victoire du Frodebu. Papa est resté impassible. Il a simplement allumé une cigarette.

Dans le quartier, aucun cri, aucun klaxon, aucun pétard. J'ai cru entendre une clameur au loin, là-haut, dans les collines. Était-ce mon imagination ? Avec son obsession de nous laisser en dehors de la politique, Papa est allé se réfugier dans sa chambre pour passer des coups de fil. À travers la porte, j'entendais des phrases que je ne comprenais pas.

« Ce n'est pas une victoire démocratique, c'est un réflexe ethnique... Tu sais mieux que moi comment ça se passe en Afrique, la Constitution n'a pas de poids... L'armée soutient l'Uprona... Dans ces pays-là, on ne gagne pas une élection sans être le candidat de l'armée... Je n'ai pas ton optimisme... Ils paieront cet affront tôt ou tard... »

On a dîné assez tôt. J'avais préparé une omelette aux oignons, Ana a servi des tranches d'ananas et des yogourts à la fraise des sœurs Clarisses. Avant de se coucher, nous avons regardé le journal télévisé dans la chambre de Papa. L'image tremblait. Il y avait de la neige sur le canal. J'ai remué le cintre au-dessus du poste. Le président major Pierre Buyoya, assis devant un drapeau du Burundi, a dit d'une voix posée : « J'accepte solennellement le verdict populaire et j'invite la population à faire de même. » J'ai tout de suite pensé à Innocent. Ensuite, le nouveau président, Melchior Ndadaye, est apparu à l'écran. Il était calme. « C'est la victoire de tous les Burundais. » Et là, j'ai pensé à Prothé. À la fin du journal télévisé, le chef d'état-major a pris la parole à son tour : « L'armée respecte la démocratie basée sur le multipartisme. » J'ai alors pensé aux paroles de Papa.

J'étais en train de me brosser les dents, quand j'ai entendu Ana hurler. Je me suis précipité dans notre chambre. Elle était debout sur mon lit, accrochée au rideau. Sur le carrelage, au milieu de la pièce, rampait une scolopendre. Papa l'a écrabouillée en criant : « Saloperie ! » Au moment de me mettre au lit, j'ai demandé à Papa si l'arrivée de ce nouveau président était une bonne nouvelle. Il a répondu : « On verra bien. »

Chère Laure,

Le peuple a voté. À la radio, ils ont dit 97,3 % de taux de participation. Ça veut dire tout le monde moins les enfants, les malades à l'hôpital, les détenus dans les prisons, les fous dans les asiles, les bandits recherchés par la police, les paresseux restés au lit, les manchots incapables de tenir un bulletin de vote et les étrangers comme mon père, ma mère ou Donatien, qui ont le droit de vivre ici, de travailler ici, mais pas de donner leur avis qui, lui, doit rester là d'où ils viennent. Le nouveau président s'appelle Melchior, comme le roi mage. Certains l'adorent, comme Prothé, notre cuisinier. Il dit que c'est la victoire du peuple. D'autres le détestent, comme Innocent, notre chauffeur, mais je te rassure, c'est parce que c'est un grincheux et un mauvais perdant.

Je trouve que le nouveau président a l'air sérieux, il se tient bien, ne met pas les coudes sur la table, ne coupe pas la parole. Il porte une cravate unie, une chemise bien repassée et il a des formules de politesse dans ses phrases. Il est présentable et propre. C'est important ! Car ensuite on devra accrocher son portrait dans tout le pays pour ne pas oublier qu'il existe. Ce serait enquiquinant d'avoir un président négligé sur lui ou qui louche sur la photo dans les ministères, les aéroports, les ambassades, les compagnies d'assurances, les commissariats, les hôtels, les hôpitaux, les cabarets, les maternités, les casernes, les restaurants, les salons de coiffure et les orphelinats.

D'ailleurs, je me demande bien où on a mis les portraits de l'ancien président ? Les a-t-on jetés ? Mais peut-être qu'il existe un endroit où on les garde au cas où il déciderait de revenir un jour ?

C'est la première fois qu'on a un président qui n'est pas militaire. Je pense qu'il aura moins mal à la tête que ses prédécesseurs. Les présidents militaires ont toujours des migraines. C'est comme s'ils avaient deux cerveaux. Ils ne savent jamais s'ils doivent faire la paix ou la guerre.

Gaby

14

Le saurien était étendu dans l'herbe, au fond du jardin. À l'aide de cordes et de tiges en bambou, une dizaine d'hommes avaient descendu la bête de la camionnette. La nouvelle s'était rapidement propagée dans l'impasse, formant un attroupement de curieux autour du crocodile mort. Ses yeux jaunes, encore ouverts, balafrés à la verticale par des pupilles noires, donnaient la désagréable impression d'observer l'assistance. Au sommet du crâne, une blessure pareille à un bouton de rose indiquait l'impact du coup mortel. Jacques, venu expressément du Zaïre, avait tué l'animal d'une seule balle. Une semaine plus tôt, une touriste canadienne qui marchait le long du lac, sur la plage du club de vacances, avait été emportée par un crocodile. Comme chaque fois dans ce cas-là, les autorités locales avaient dépêché une expédition punitive pour abattre un crocodile en représailles. Papa et moi faisions partie de l'aventure comme simples spectateurs privilégiés. Jacques menait ces opérations depuis des années avec une équipe composée de quelques blancs passionnés de chasse au gros gibier. Nous avions embarqué au Cercle nautique avec munitions et carabines à lunette et le bateau à moteur avait longé la côte jusqu'à l'embouchure de la Rusizi, à l'endroit où le fleuve boueux rejoint les eaux turquoise du Tanganyika. Lentement, nous avons remonté le delta tandis que les chasseurs surveillaient, doigt sur la gâchette, les groupes épars d'hippopotames, craignant à tout instant la charge d'un mâle solitaire. Le bruit du moteur était couvert par les piaillements d'une colonie de tisserins dont les nids pendaient mollement aux branches des acacias. Les hommes, Winchester à portée de main, les yeux plissés par le soleil, observaient les alentours à la jumelle. Dans le viseur de son arme, Jacques a aperçu le crocodile sur un banc de sable. Gueule grande ouverte, il profitait d'un bain de soleil en ce début d'après-midi. Un pluvian d'Égypte lui nettoyait méticuleusement les dents. Quand Jacques a tiré, un groupe de dendrocygnes s'est envolé par-dessus les roseaux bordant la rive. Le coup a fait un bruit sec de bois qui craque. Fauché dans son repos, la bête a à peine eu le temps de bouger. Sa mâchoire s'est refermée au ralenti. Le pluvian a sautillé quelques instants autour de son ami, comme pour lui rendre un dernier hommage, et s'est envolé au loin pour prendre soin d'une autre gueule de crocodile.

Après le départ des curieux, on a étendu la bête sur le dos et Jacques a méthodiquement dépecé le crocodile. Il mettait les bouts de viande dans des sacs en plastique que Prothé rangeait dans le grand congélateur du garage. En attendant, la nuit tombait vite et rien n'était encore prêt. Le jardinier aidait Donatien à sortir les tables et les chaises. Innocent a apporté le charbon pour le barbecue. Gino allumait les lampions suspendus au ficus et Papa a déroulé une rallonge pour installer la chaîne hi-fi dans le jardin. Ana était chargée de disposer sous les tables des spirales d'encens antimoustiques. La soirée était spéciale, on fêtait mes onze ans !

Quand la musique a commencé à s'échapper des enceintes, elle a à nouveau rameuté le voisinage. Les soûlards, attirés par la perspective de breuvages gratuits, ont exceptionnellement délaissé le cabaret de l'impasse. Très vite, le jardin a été envahi par le brouhaha des conversations, mêlé au vrombissement du caisson de basses. Je débordais de joie au milieu de ces allées et venues incessantes, de ce maquis improvisé sous la lune où l'humeur était à la fête et les larmes au rire.

C'était le début des grandes vacances et elles commençaient bien, j'avais reçu des nouvelles de Laure : « *Coucou Gaby ! Je passe de super chouettes moments à la mer avec mes cousins et mon petit frère. Merci pour ta lettre, c'est rigolo ce que tu écris. Ne m'oublie pas pendant les vacances. À bientôt. Bisous. Laure.* »

Au dos de la carte postale, une composition de photos miniatures de la Vendée : un château à Noirmoutier, des barres d'immeuble à Saint-Jean-de-Monts, une plage à Notre-Dame-de-Monts, une rangée de rochers dans la mer à Saint-Hilaire-de-Riez. J'avais lu et relu cette carte postale des dizaines de fois avec le sentiment toujours particulier d'être quelqu'un d'unique pour Laure. Elle me demandait de ne pas l'oublier, il ne passait pas une seule journée sans que je ne pense à elle. Dans mon prochain courrier, je voulais lui dire à quel point elle comptait pour moi, que pour la première fois de ma vie j'avais l'impression de pouvoir exprimer mes sentiments à quelqu'un, que j'espérais lui écrire toute ma vie et même venir la voir un jour en France.

L'autre belle nouvelle de ce début de vacances était que mes parents se parlaient à nouveau, après des mois de guerre froide. Ils m'avaient félicité de conserve pour mon passage en sixième. Ils avaient dit : « Nous sommes fiers de toi. » Un « nous » de couple, de réunification. Tous les espoirs étaient permis !

Pacifique avait appelé du Rwanda pour me souhaiter un bon anniversaire. Il racontait que les accords de paix avaient repris, qu'il allait bien, qu'on lui manquait, qu'il aurait aimé être avec nous pour cette grande fête. Il venait de se fiancer avec une fille dont il était tombé fou amoureux à son arrivée au Rwanda. Il avait hâte de la présenter à la famille. Elle s'appelait Jeanne, et Pacifique la décrivait comme la plus belle femme de la région des Grands Lacs. Au téléphone, il m'avait fait une confidence : quand la guerre serait terminée, il se lancerait dans une carrière de chanteur, pour écrire ses propres chansons d'amour et célébrer la beauté de sa future épouse.

Les choses s'arrangeaient autour de moi, la vie retrouvait peu à peu sa place, et ce soir-là, je savourais le bonheur d'être entouré de ceux que j'aimais et qui m'aimaient.

Installé sur notre grande terrasse, Jacques racontait à une assistance médusée sa chasse au crocodile. Il roulait des mécaniques, gonflait le torse, accentuait les *r* de son accent wallon. Avec les gestes d'un acteur de cinéma, il sortait son Zippo en argent de sa poche comme on dégaine le revolver d'un holster, pour allumer des cigarettes qu'il laissait ensuite pendre négligemment au coin de ses lèvres. Cela faisait son effet auprès de Mme Economopoulos, qui semblait subjuguée par son charisme et sa gouaille. Elle lui offrait des compliments qu'il acceptait avec délectation, et les plaisanteries de Jacques emportaient Mme Economopoulos dans des éclats de rire qui lui donnaient des airs d'adolescente enamourée. Étonnés tous les deux de ne pas s'être rencontrés plus tôt, ils ont parlé des heures entières du bon vieux temps où Bujumbura s'appelait encore Usumbura, du Grand Hôtel, des bals du Paguidas et des orchestres de jazz, du cinéma Kit Kat, des belles américaines, Cadillac et Chevrolet, dans les rues de la ville, de leur passion pour les orchidées, du bon vin de la lointaine Europe, de la disparition énigmatique du présentateur de télévision française, Philippe de Dieuleveult, et de son équipage près du barrage d'Inga, des éruptions du Nyiragongo, de ses splendides coulées de lave, de la douceur du climat de la région, de la beauté des lacs et des fleuves...

Prothé passait parmi les convives, proposant des bières et des steaks de crocodile grillé. Innocent a repoussé l'assiette qu'il lui offrait avec une grimace de dégoût : « Beurk ! Il n'y a que les blancs et les Zaïrois pour manger des crocodiles ou des grenouilles. Jamais vous ne verrez un Burundais digne de ce nom toucher aux animaux de la brousse ! Nous sommes civilisés, nous autres ! » Donatien, hilare, la bouche pleine de graisse de croco, lui a répondu : « Les Burundais manquent tout simplement de goût et les blancs gaspillent. Les Français, par exemple, ne savent pas manger les grenouilles, ils se contentent seulement des pattes ! »

Planté devant la chaîne hi-fi, Armand apprenait quelques pas de soukouss à Ana. La petite se débrouillait bien, elle avait enfilé un pagne autour de ses fesses et réussissait à les remuer sans bouger le reste du corps. Les soûlards applaudissaient. Au milieu de la piste de danse, sous la lumière d'un spot assailli d'insectes, les parents des jumeaux dansaient langoureusement, joue contre joue, comme au temps de leur rencontre, à l'époque du mythique orchestre Grand Kallé. La mère des jumeaux était bien plus grande et forte que le père. Pendant qu'elle menait la danse, lui, les yeux fermés, remuait la bouche comme un chiot qui rêve. La sueur plaquait leurs chemises dans le dos et dessinait des auréoles sous leurs aisselles.

Papa respirait la gaieté et la bonne humeur. Chose inhabituelle, il avait mis une cravate, un brin de parfum et peigné ses cheveux en arrière, ce qui faisait ressortir ses yeux verts de séducteur. Quant à Maman, elle resplendissait, dans sa robe fleurie en mousseline. Le désir brillait dans les yeux des hommes quand elle passait près d'eux. À quelques reprises, j'ai même surpris Papa qui la regardait. Assis au bord de la piste de danse, il discutait affaires ou politique avec le père d'Armand qui rentrait tout juste d'Arabie Saoudite et semblait vouloir rattraper le long mois d'abstention d'alcool qu'il venait de subir. À côté d'eux, la mère d'Armand, habillée comme une grenouille de bénitier, dodelinait de la tête et haussait les sourcils à intervalle régulier. Impossible de savoir si elle approuvait les propos de son mari sur la stabilisation du cours du café burundais à la Bourse de Londres ou si elle récitait son chapelet pour la énième fois de la journée.

J'étais allongé sur le capot de la camionnette, entouré de Gino et des jumeaux, quand on a vu Francis débarquer. On n'en croyait pas nos yeux! À peine était-il entré dans la parcelle que Maman lui a mis un Fanta entre les mains et l'a invité à s'asseoir sur une chaise en plastique en dessous du grand ficus. Gino s'est mis à fulminer.

– Gaby, tu vois ce que je vois! Faut que tu vires ce connard! Il a rien à foutre à ton anniversaire.

– J'peux pas, vieux. Mon père a dit que la fête était ouverte à tous les gens du quartier.

– Pas Francis, bordel! C'est notre pire ennemi!

– C'est peut-être l'occasion de faire la paix avec lui, ont dit les jumeaux.

– Bande de crétins au carré, a répondu Gino. On ne pactise pas avec ce cloporte! On lui casse sa foutue gueule, c'est tout ce qu'il mérite!

– Pour l'instant il ne fait de mal à personne, j'ai dit. Laissons-le boire son Fanta en gardant un œil sur lui.

On ne l'a pas lâché du regard un seul instant. Lui faisait mine de ne pas nous voir. Pourtant, ses yeux balayaient, analysaient, décortiquaient la soirée. Il regardait l'assistance d'un œil torve en remuant sa jambe gauche avec nervosité. Il s'est levé pour reprendre une boisson et entamer une courte discussion avec Maman qui se retournait dans ma direction en me pointant du doigt comme pour lui signifier qu'elle était ma mère. Il papillonnait de groupe en groupe, trouvant le moyen d'engager spontanément des conversations, avec les uns et les autres, et même avec le père de Gino.

– J'y crois pas, il parle avec mon vieux ! Qu'est-ce qu'ils peuvent bien se raconter ? Je suis sûr qu'il prend des renseignements sur nous, Gaby. Il se fait passer pour notre pote !

De loin, on observait son petit manège. Innocent l'a invité à partager une bière avec lui. Au bout de quelques minutes, ils se tapaient dans le dos comme de vieux amis.

Il était maintenant minuit passé. L'alcool et la nuit mélangeaient leurs effets. Un groupe de jeunes VSN français, torse nu jouaient à saute-mouton devant les soûlards du cabaret, amusés par le spectacle. Un jeune homme fouillait le soutien-gorge de sa petite amie pendant qu'elle discutait avec une copine de ses cours de morale à la Stella Matutina. Un vieux Burundais à la barbe blanche, surnommé Gorbatchev en raison d'une tache de naissance sur le front, se tenait sur une jambe en récitant des poèmes de Ronsard devant la cage du perroquet. Un groupe d'enfants jouaient avec la guenon apprivoisée d'un Flamand efféminé, un habitant de l'impasse qui se faisait appeler Fifi, et qui ne portait que des chemises en pagne et des boubous africains. Des piles de casiers vides s'entassaient sur les marches de la cuisine. Prothé et Donatien faisaient des allers-retours pour rapporter les bouteilles consignées au kiosque.

Le moment était propice pour se trouver un coin tranquille avec les copains, à l'abri du regard des parents, dans la partie non éclairée du jardin. On s'est assis dans l'herbe pour partager quelques cigarettes et on a regardé incognito la piste de danse sous les lampions du ficus. Armand a apporté deux bouteilles de Primus qu'il avait discrètement cachées dans les pots de fougères.

– Merde, j'ai marché sur un truc ! a dit Armand.

– Ouais, fais gaffe, c'est le cadavre du crocodile, j'ai répondu.

Quand la musique s'est arrêtée entre deux chansons, on a entendu des bruits de mastication et de déglutition. Les teckels de Mme Economopoulos se régalaient des restes de l'animal mort. Ils ripaillaient dans le noir et les copains ont porté un toast à mes onze années.

– Les teckels vont frimer dans l'impasse quand ils diront aux autres clebs qu'ils ont mangé un croco ! a dit Gino.

On a tous éclaté de rire, sauf Armand qui avait remarqué que quelqu'un s'approchait de nous. J'ai éteint ma cigarette et chassé la fumée avec ma main.

– Qui va là ? j'ai demandé.

– C'est moi, Francis.

– T'as rien à faire là, a répondu Gino instantanément, en bondissant sur ses deux jambes. Dégage !

– C'est une fête de quartier et j'habite dans le quartier ! Je ne vois pas où est le problème, a dit Francis.

– Non, ici c'est l'anniversaire de mon pote, et tu n'es pas invité. Alors dégage, j'ai dit !

– Qui parle ? Je ne te vois pas. C'est le fils de Kodak ? Le Belge aux cheveux pourris ! Comment tu t'appelles encore ?

– Gino ! Et tu vas surveiller ton langage quand tu parles de mes parents.

– Tes parents ? J'ai parlé que du père. Elle est où ta mère, d'ailleurs ? J'ai vu les parents de tout le monde sauf ta mère...

– Alors comme ça t'es venu nous espionner ? a dit Armand. Vous faites votre petite enquête, inspecteur Columbo ?

– On ne veut pas de toi ici, a continué Gino. Barre-toi !

– Non ! Je reste !

Gino a foncé tête baissée dans le ventre de Francis. Dans le noir, ils ont trébuché sur le crocodile éventré. Les chiens se sont mis à aboyer. J'ai couru avertir les adultes pendant qu'Armand cachait les cigarettes et les bières. Jacques et Papa sont arrivés avec une lampe torche. Quand on est parvenus à séparer Francis et Gino qui étaient tout barbouillés de tripailles de crocodile, on a accusé Francis d'être venu déclencher la bagarre. Papa l'a saisi par le col et l'a jeté hors de la parcelle, alors Francis, humilié, a hurlé qu'on allait le payer tout en lançant des cailloux contre le portail. Avec les copains, on lui faisait des bras d'honneur et on a baissé nos pantalons pour lui montrer nos fesses sous les vivats du groupe de volontaires français. Tout le monde rigolait, jusqu'au moment où Jacques s'est mis à crier :

– Merde, où est mon Zippo ? Où est mon Zippo ?

On a tous pensé à Francis.

– Rattrapez ce fumier ! a crié Gino.

Papa a envoyé Innocent à sa recherche, mais il est revenu bredouille.

Une fois l'incident passé, la fête a repris de plus belle. Elle battait son plein quand, soudain, coupure d'électricité.

La centaine de convives s'est arrêtée net de danser en poussant un « Oooh » de mécontentement. Couverts de sueur, ils réclamaient le retour de la musique en frappant des mains et des pieds et en criant mon nom : « Gaby ! Gaby ! » Chacun était mûr pour la grande fête et ce n'était pas un délestage impromptu qui allait calmer leur envie furieuse de s'amuser. Quelqu'un a lancé l'idée de continuer la fête avec de vrais instruments. Alors, ni une ni deux, Donatien et Innocent sont allés en vitesse chercher des tambours dans le quartier, les jumeaux ont apporté la guitare de leur père, et l'un des Français a sorti une trompette du coffre de sa 4L. Il commençait à se lever un agréable petit vent de pluie. Au loin, sur les bords du lac, on a entendu un grondement sourd, le tonnerre se rapprochait. Cela en inquiétait certains, surtout les plus vieux, qui anticipaient l'averse en préconisant de rentrer les tables et les chaises. Donatien a coupé court au débat en improvisant à la guitare un air de brakka music. Timidement, les gens ont recommencé à bouger dans la nuit zébrée d'éclairs. Les grillons se sont tus quand les soûlards ont commencé à faire tinter leurs bouteilles de bière avec des fourchettes et des petites cuillères pour accompagner la mélodie. La trompette a rejoint la guitare, accueillie par des sifflements et des cris de joie. Les invités dansaient à nouveau avec un entrain démultiplié. Les chiens, effrayés, la queue entre les pattes, se sont terrés sous les tables quelques secondes avant que le ciel n'explose – sons, lumière, rafales, crépitements. Les tambours sont entrés en scène, accélérant le rythme. Personne n'a résisté à l'appel de cette musique effrénée qui s'emparait de nos corps comme un esprit bienveillant. La trompette essoufflée essayait tant bien que mal de suivre la cadence des percussions. Prothé et Innocent frappaient ensemble les peaux tendues des tambours, le visage crispé par l'effort, une épaisse transpiration coulant sur leurs fronts luisants. Les mains des convives tapaient la mesure et les pieds martelaient le contretemps en soulevant la lourde poussière de la cour. La musique allait aussi vite que les pulsations de nos tempes. Les battements s'empilaient les uns aux autres. Le vent soufflait, remuait la cime des arbres du jardin, on percevait la vibration des feuilles et le bruissement des branches. De l'électricité flottait dans l'atmosphère. L'air avait une odeur de terre mouillée. Une pluie chaude était sur le point de s'abattre sur nous, si violente que l'on se mettrait alors à courir pour ramasser les tables, les chaises, les assiettes, avant d'aller s'abriter sous la barza et de regarder la fête se diluer dans le vacarme des trombes d'eau. Bientôt ce serait la fin de mon anniversaire, je profitais de cette minute avant la pluie, de ce moment de bonheur suspendu où la musique accouplait nos cœurs, comblait le vide entre nous, célébrait l'existence, l'instant, l'éternité de mes onze ans, ici, sous le ficus cathédrale de mon enfance, et je savais alors au plus profond de moi que la vie finirait par s'arranger.

15

Les grandes vacances, c'est pire que le chômage. Nous sommes restés dans le quartier pendant deux mois à glandouiller, à chercher des trucs pour occuper nos mornes journées. Même si parfois on rigolait, il faut bien avouer que nous nous sommes ennuyés comme des varans crevés. Avec la saison sèche, la rivière n'était plus qu'un mince filet d'eau, impossible de se rafraîchir. Les mangues, rabougries par la chaleur, étaient invendables, et le Cercle nautique était bien trop loin pour qu'on s'y rende chaque après-midi.

J'étais bien content quand l'école a repris. Papa me déposait maintenant devant l'entrée des grands. J'étais au collège, dans la même classe que les copains, et une nouvelle vie commençait. Nous avions cours certains après-midi de la semaine et je découvrais de nouvelles matières comme les sciences naturelles, l'anglais, la chimie, les arts plastiques. Les élèves qui avaient passé leurs vacances en Europe ou en Amérique en étaient revenus avec des habits et des chaussures à la mode. Au début, je n'y prêtais pas attention. Mais Gino et Armand n'arrêtaient pas d'en parler, les yeux brillants. Cette envie a viré à l'obsession et j'ai fini par être contaminé. Désormais, il n'était plus question de billes et de calots, mais de fringues et de marques. Sauf que, pour en avoir, il fallait de l'argent. Beaucoup d'argent. Même en vendant toutes les mangues du quartier, nous n'aurions pas pu nous payer les chaussures avec la petite virgule dessus.

Ceux qui revenaient de là-bas, d'Europe et d'Amérique, nous racontaient que les magasins faisaient plusieurs kilomètres de long et débordaient de baskets, de tee-shirts, de maillots de sport et de jeans. À Buja, il n'y avait rien, à part la vitrine dégarnie de la boutique Bata dans le centre-ville, ou les étals du marché Jabé qui proposaient quelques Reebok Pump trouées et des marques célèbres avec des fautes d'orthographe. Nous étions tristes d'être privés de ces choses dont nous nous étions passés jusque-là. Et ce sentiment nous changeait de l'intérieur. Nous détestions en silence ceux qui les possédaient.

Donatien, qui avait remarqué mon nouvel attrait pour les marques ainsi que ma propension à médire sur certains gosses de riches de l'école, me disait que l'envie était un péché capital. Ses leçons de morale me passaient au-dessus de la tête et pour une fois je préférais discuter avec Innocent, lui avait des combines pour me dégoter à moindre prix les accessoires dont je rêvais. À l'école, les groupes se constituaient désormais sur de nouveaux critères : ceux qui possédaient restaient entre eux.

Armand était une exception. Il n'avait ni habits à la mode ni parfums de marque, mais il faisait rire. Cela lui permettait de franchir les frontières invisibles qui nous séparaient les uns des autres et d'être accepté dans les groupes à la mode. Gino était amer quand il voyait Armand dans la cour, près de la buvette, en train de parler avec ses nouvelles relations.

Un soir, tandis que nous discutions tous les deux sous le frangipanier, allongés sur la natte de la sentinelle et trempant des lamelles de mangue verte dans du gros sel, il me dit :

– Armand est un traître. Il ne nous adresse pratiquement pas la parole à l'école mais dès qu'il est dans l'impasse, on redevient ses meilleurs amis.

– Il en profite, c'est normal. Depuis le début de l'année, il est invité dans toutes les boums. Les jumeaux m'ont même dit qu'il avait embrassé une fille sur la bouche !

– Jure ! Avec la langue ?

– J'sais pas, mais au moins il s'amuse pendant que nous on reste à l'impasse. Moi, si je pouvais le suivre, j'hésiterais pas.

– Toi aussi t'as honte du groupe ?

– C'est pas ça, Gino. Vous êtes mes meilleurs potes à la vie ! Mais à l'école, personne ne nous calcule, les filles s'en foutent bien de nous, alors tu comprends...

– Un jour, ils finiront par nous voir, Gaby, et tous ils nous craindront.

– Mais pourquoi veux-tu qu'on nous craigne ?

– Pour être respecté. Tu comprends ? C'est ce que répète ma mère. Il faut être respecté.

Cela m'a étonné d'entendre Gino évoquer sa mère. Il n'en parlait jamais. Sur sa table de nuit, il y avait des enveloppes aux bordures bleu-blanc-rouge, qu'il lui envoyait chaque semaine. Mais il ne se rendait jamais au Rwanda, qui n'était pourtant qu'à quelques heures de route, et elle ne venait pas non plus à Bujumbura. Il disait que la situation politique ne leur permettait pas de le faire pour l'instant mais qu'un jour, quand la paix reviendrait, il irait vivre dans une grande maison à Kigali avec son père et sa mère. Cela m'attristait de me dire que Gino était prêt à me quitter, à quitter la bande, à quitter l'impasse. Comme Maman, Mamie, Pacifique et Rosalie, Gino rêvait du grand retour au Rwanda, et je faisais semblant de rêver avec eux pour ne pas les décevoir. Pourtant, secrètement, je priais pour que rien ne change, pour que Maman revienne à la maison, pour que la vie redevienne ce qu'elle était, et qu'elle le reste, à jamais.

J'étais en train de réfléchir à tout ça, quand un grondement a résonné. Le père de Gino est sorti de la maison en courant comme une brebis apeurée, il nous a crié de nous éloigner des murs et de venir avec lui au milieu du jardin. On s'est levés, amusés, on aurait dit qu'il avait vu un fantôme, et on l'a suivi, sans saisir ce qui venait d'arriver. C'est en découvrant, quelques minutes plus tard, l'épaisse fissure qui lézardait le mur du garage dans toute sa longueur, que l'on a compris. La terre avait bougé sous nos pieds, imperceptiblement. C'est ce qu'elle faisait tous les jours dans ce pays, dans ce coin du monde. On vivait sur l'axe du grand rift, à l'endroit même où l'Afrique se fracture.

Les hommes de cette région étaient pareils à cette terre. Sous le calme apparent, derrière la façade des sourires et des grands discours d'optimisme, des forces souterraines, obscures, travaillaient en continu, fomentant des projets de violences et de destruction qui revenaient par périodes successives comme des vents mauvais : 1965, 1972, 1988. Un spectre lugubre s'invitait à intervalle régulier pour rappeler aux hommes que la paix n'est qu'un court intervalle entre deux guerres. Cette lave venimeuse, ce flot épais de sang était de nouveau prêt à remonter à la surface. Nous ne le savions pas encore, mais l'heure du brasier venait de sonner, la nuit allait lâcher sa horde de hyènes et de lycaons.

16

Je dormais d'un sommeil léger quand j'ai senti qu'on me touchait la tête. J'ai d'abord pensé que des rats grignotaient les boucles de mes cheveux, comme cela arrivait avant que Papa n'installe des pièges dans toute la maison. Puis j'ai entendu chuchoter : « Gaby, tu dors ? » La voix d'Ana a achevé de me réveiller. J'ai ouvert les yeux. Notre chambre était plongée dans le noir. De la main gauche, j'ai tiré le rideau. Un rayon de lune a traversé la moustiquaire de la fenêtre, éclairant le visage apeuré de ma petite sœur. « Qu'est-ce qu'on entend, Gaby ? » Je n'ai pas compris. La nuit était calme. Je reconnaissais simplement les hululements de la chouette installée dans le faux plafond au-dessus de notre chambre. Je me suis redressé et j'ai attendu, jusqu'à ce que résonnent plusieurs bruits secs rapprochés les uns des autres. « On dirait des coups de feu... » Ana s'est glissée dans mon lit pour se blottir contre moi. Un silence angoissant succédait aux bruits d'explosions et de tirs de mitraillette. Ana et moi étions seuls à la maison. Papa découchait souvent depuis quelque temps, Innocent disait qu'il fréquentait une jeune femme qui habitait la rue derrière chez lui, dans le quartier populaire de Bwiza. Cela m'attristait car, depuis qu'ils se parlaient à nouveau, j'avais l'espoir que Maman et Papa se remettent ensemble.

J'ai pressé le bouton qui éclairait ma montre, le cadran affichait deux heures du matin. À chaque explosion, Ana se serrait un peu plus contre moi.

– Il se passe quoi, Gaby ?

– Je ne sais pas...

Les coups de feu ont cessé vers six heures du matin. Papa n'était toujours pas rentré. Nous nous sommes levés, habillés, puis nous avons préparé nos cartables. Prothé n'était pas là non plus. Nous avons mis la table du petit déjeuner sur la terrasse. J'ai préparé le thé. Le perroquet faisait des culbutes dans sa cage. J'ai cherché quelqu'un dans la parcelle. Il n'y avait pas âme qui vive. Même le zamu avait disparu. Après avoir mangé, nous avons débarrassé la table. J'ai aidé Ana à se coiffer. Toujours personne dans la maison. Je guettais le portail, c'était l'heure où les employés étaient censés arriver. Mais rien ne bougeait. Nous nous sommes assis sur les marches de l'entrée pour attendre l'arrivée d'Innocent ou de Papa. Ana a sorti son cahier de mathématiques de son cartable et s'est mise à réciter ses tables de multiplication. Sur la route, devant la maison, il n'y avait ni piétons ni voitures. Que se passait-il ? Où étaient-ils tous ? On entendait un air de musique classique dans le voisinage. Nous étions un jeudi, mais le quartier était plus calme qu'un dimanche matin.

Finalement, une voiture s'est approchée. J'ai reconnu le klaxon de la Pajero et je me suis précipité pour ouvrir le portail. Papa avait un visage grave et des cernes sous les yeux. Il est descendu de la voiture et nous a demandé si nous allions bien. J'ai fait oui de la tête mais Ana boudait, elle lui en voulait de nous avoir laissés toute la nuit. Papa a marché rapidement jusqu'au salon, il a allumé la radio. Nous avons entendu le même air de musique classique qui flottait dehors. Il a mis la main sur son front en répétant : « Merde ! Merde ! Merde ! »

Plus tard, j'ai appris que c'était une tradition de passer de la musique classique à la radio quand il y avait un coup d'État. Le 28 novembre 1966, pour le coup d'État de Michel Micombero, c'était la *Sonate pour piano n°21* de Schubert ; le 9 novembre 1976, pour celui de Jean-Baptiste Bagaza, la *Symphonie n°7* de Beethoven ; et le 3 septembre 1987, pour celui de Pierre Buyoya, le *Boléro en do majeur* de Chopin.

Ce jour-là, le 21 octobre 1993, nous avons eu droit au *Crépuscule des dieux* de Wagner. Papa a fermé le portail à l'aide d'une grosse chaîne et de plusieurs cadenas. Il nous a ordonné de ne pas quitter la maison et de nous tenir éloignés des fenêtres. Puis il a installé nos matelas dans le couloir à cause du risque de balles perdues. Nous sommes restés toute la journée allongés par terre. C'était plutôt drôle, on avait l'impression de camper dans notre propre maison.

Comme d'habitude, Papa s'est enfermé dans sa chambre pour passer des appels. Vers quinze heures, je jouais aux cartes avec Ana et Papa était au téléphone dans sa chambre, quand j'ai entendu gratter dans la cuisine.

Je suis allé voir discrètement. Gino, essoufflé, se tenait derrière les barreaux et j'ai chuchoté :

– Je ne peux pas t'ouvrir, mon père a fermé la maison à double tour. Comment es-tu rentré dans la parcelle ?

– Je suis passé par-dessus la clôture. De toute façon je reste pas longtemps. T'es au courant ?

– Oui je sais, il y a eu un coup d'État, on a entendu la musique classique.

– Des militaires ont tué le nouveau président.

– Quoi ? Je te crois pas... Jure-le.

– Je te jure ! Un journaliste canadien a appelé mon père pour le lui dire. C'est un coup des militaires. Ils ont aussi tué le président de l'Assemblée nationale et d'autres grands bwanas du gouvernement... Paraît que des massacres ont commencé partout à l'intérieur du pays. Et puis tu connais la meilleure ?

– Non ? Quoi encore ?

– Attila s'est échappé !

– Attila, le cheval des Van Gotzen ?

– Ouais ! C'est fou, non ? Pendant la nuit, un obus est tombé près des écuries du Cercle hippique, derrière la résidence présidentielle. Un bâtiment a pris feu. Les chevaux ont paniqué, Attila est devenu fou, il se cabrait et hennissait comme un dingue, il s'est mis à lancer des ruades contre la porte de son box, il a explosé le verrou et puis il a sauté les barrières avant de disparaître dans la ville... T'aurais dû voir Mme Von Gotzen, ce matin... Elle est arrivée chez nous en chemise de nuit, des bigoudis dans les cheveux et les yeux gonflés de larmes. Tellement drôle ! Elle voulait que mon père se serve de ses relations pour retrouver son cheval. Et lui, il n'arrêtait pas de répéter : « Il y a eu un coup d'État, Madame Von Gotzen, je ne peux rien pour vous, même le président de la République n'a rien pu faire pour lui-même. » Et elle, elle insistait encore et encore : « Il faut retrouver Attila ! Contactez les Nations unies ! La Maison-Blanche ! Le Kremlin ! » L'assassinat du président, elle s'en fichait, elle ne parlait que de son canasson, cette vieille peau raciste. Ils me tuent, ces colons ! La vie de leurs animaux est plus importante que celle des humains. Bon, je te laisse Gaby, faut que je file. La suite des événements au prochain épisode. »

Gino est reparti en courant. Il avait l'air complètement excité par la situation, presque content que des choses graves arrivent. Moi, j'étais perdu, j'avais du mal à réaliser. L'assassinat du président... J'ai repensé à ce que Papa avait dit, le jour de la victoire de Ndadaye : « Ils paieront cet affront tôt ou tard. »

Ce soir-là, nous nous sommes couchés tôt. Papa fumait plus que d'habitude. Il avait aussi apporté son matelas dans le couloir, et il écoutait la petite radio en caressant les cheveux d'Ana, qui dormait déjà profondément. Une simple bougie nous éclairait, voilant les contours de la pièce.

Vers vingt et une heures, la musique classique s'est arrêtée. Un présentateur a pris la parole, en français. Il se raclait la gorge entre chaque phrase, sa voix monotone contrastait avec la gravité de la situation, on aurait dit qu'il annonçait les résultats sportifs d'une compétition locale de volley-ball : « Le Conseil national de salut public a pris les décisions suivantes : couvre-feu sur toute

l'étendue du territoire de dix-huit heures à six heures du matin ; fermeture des frontières ; la circulation des personnes d'une commune à l'autre est interdite ; le regroupement de plus de trois personnes est interdit ; le Conseil appelle la population à garder son calme... »
Je me suis endormi avant la fin de la liste. J'ai rêvé que je dormais paisiblement, en suspension dans un petit nuage bien douillet formé par les vapeurs de soufre d'un volcan en éruption.

17

Nous sommes restés plusieurs jours à dormir dans le couloir, sans quitter la maison de la journée. Un gendarme de l'ambassade de France a appelé Papa pour lui conseiller d'éviter toute sortie. Maman, qui vivait chez une amie dans les hauteurs de la ville, nous téléphonait tous les jours pour prendre des nouvelles. La radio annonçait d'importants massacres dans le centre du pays.

L'école a rouvert la semaine d'après. La ville était étrangement calme. Quelques magasins avaient levé leurs rideaux mais les fonctionnaires n'avaient pas repris leur travail et les ministres étaient toujours réfugiés dans les ambassades étrangères ou dans les pays limitrophes. En passant devant le palais présidentiel, j'ai aperçu le mur d'enceinte endommagé. C'était les seules traces de combat que l'on pouvait voir en ville. Dans la cour de récréation, les élèves se racontaient la nuit du coup d'État, les coups de feu, le bruit des obus, la mort du président, les matelas dans les couloirs. Personne n'avait peur. Pour nous, enfants privilégiés du centre-ville et des quartiers résidentiels, la guerre n'était encore qu'un simple mot. Nous avions entendu des choses, mais n'avions rien vu. La vie continuait comme avant, avec nos histoires de boums, de cœur, de marques, de mode. Les domestiques de nos maisons, les employés de nos parents, ceux qui vivaient dans les quartiers populaires, dans Bujumbura Rural, à l'intérieur du pays, et qui ne recevaient de consignes de sécurité d'aucune ambassade, n'avaient pas de sentinelle pour garder leur maison, de chauffeur pour accompagner leurs enfants à l'école, qui se déplaçaient à pied, en vélo, en bus collectif, eux prenaient la mesure des événements.

À mon retour de l'école, Prothé était en train d'écosser des petits pois sur la table de la cuisine. Je savais qu'il avait voté pour Ndadaye, que son bonheur avait été grand lors de sa victoire. J'osais à peine le regarder.

– Bonjour, Prothé. Comment vas-tu ?

– Monsieur Gabriel, vous m'excuserez, mais je n'ai pas la force de parler. Ils ont tué l'espoir. Ils ont tué l'espoir, c'est tout ce que je peux dire. Vraiment, ils ont tué l'espoir...

Quand j'ai quitté la cuisine, il répétait encore cette phrase.

Après le déjeuner, Donatien et Innocent m'ont accompagné à l'école. Sur la route, au niveau du pont Muha, on a croisé un blindé de l'armée.

– Regardez-moi ces militaires, ils sont perdus, a dit Donatien d'un air las. D'abord ils font un coup d'État, ils tuent le président, et maintenant que la population est en colère, que l'intérieur du pays est à feu et à sang, ils font marche arrière et demandent au gouvernement de revenir pour éteindre le feu qu'ils ont allumé. Pauvre Afrique... Puisse Dieu nous venir en aide.

Innocent ne disait rien, il conduisait, regardait la route, droit devant lui.

Dorénavant, les journées passaient plus vite, à cause du couvre-feu qui obligeait chacun à être chez soi à dix-huit heures, avant la tombée de la nuit. Le soir, on mangeait notre potage en écoutant la radio et ses nouvelles alarmantes. Je commençais à me questionner sur les silences et les non-dits des uns, les sous-entendus et les prédictions des autres. Ce pays était fait de chuchotements et d'énigmes. Il y avait des fractures invisibles, des soupirs, des regards que je ne comprenais pas.

Les jours passaient et la guerre continuait de faire rage dans les campagnes. Des villages étaient ravagés, incendiés, des écoles attaquées à la grenade, les élèves brûlés vifs à l'intérieur. Des centaines de milliers de personnes fuyaient vers le Rwanda, le Zaïre ou la Tanzanie. À Bujumbura, on parlait d'affrontements dans les zones périphériques. La nuit, on entendait des coups de feu au loin. Prothé et Donatien manquaient souvent le travail car l'armée effectuait de nombreuses opérations de ratissage dans leur quartier.

Depuis le ventre calme de notre maison, tout cela paraissait irréel. L'impasse somnolait comme à son habitude. À l'heure de la sieste, on entendait le pépiement des oiseaux dans les branches, une brise ondulait le feuillage des arbres, de gigantesques et vénérables ficus nous offraient une ombre salutaire. Rien n'avait changé. Nous poursuivions nos jeux et nos explorations. Les grandes pluies étaient de retour. La végétation avait retrouvé ses couleurs vives. Les arbres ployaient sous le poids des fruits mûrs et la rivière avait repris son plein débit.

Un après-midi, tandis qu'on vadrouillait tous les cinq, pieds nus, nos perches à la main, à la recherche de mangues, Gino a proposé d'aller plus loin car nous avions déjà fait la razzia dans l'impasse. Nous nous sommes retrouvés devant la clôture de chez Francis. J'ai eu comme un mauvais pressentiment.

– Ne restons pas là, on va avoir des problèmes.

– Allez, fais pas ton peureux, Gaby! a répondu Gino. Ce manguier, il est pour nous.

Armand et les jumeaux se regardaient, hésitants, mais Gino a insisté. Nous avons avancé lentement dans l'allée, à pas discrets sur le gravier. C'était facile d'entrer dans la parcelle, il n'y avait pas de portail. Au sommet d'une butte se tenait la maison, sinistre, avec des murs décrépis, et leurs auréoles d'humidité qui gondolaient les plaques de plâtre du faux plafond de la véranda. Le manguier déployait ses branches sur tout le jardin. On s'est approchés. Les moustiquaires sales, derrière les barreaux des fenêtres, nous empêchaient de distinguer l'intérieur de la maison. Les portes étaient fermées, le lieu trop calme. On s'est arrêtés au pied de l'arbre et Gino a fait tomber une mangue, puis deux, puis trois. Sa perche remuait le feuillage comme une cohue de calaos. Je restais en alerte.

Soudain, j'ai cru apercevoir une ombre passer, furtive, derrière les moustiquaires poussiéreuses. « Attendez ! » On s'est tous immobilisés et on a scruté la maison. Le silence régnait. On ne distinguait que le murmure de la rivière Muha, au fond du jardin. Gino a recommencé à attraper les mangues. Armand l'encourageait et dansait le soukouss chaque fois qu'un fruit atterrissait dans l'herbe. Les jumeaux et moi étions sur nos gardes. Derrière nous, un oiseau s'est envolé dans un bruissement d'ailes. On a tourné la tête. Armand et les jumeaux ont détalé les premiers, à la vitesse de la lumière, en direction de la route. Ensuite Gino a démarré et je l'ai suivi sans réfléchir. On a contourné la maison, dévalé la pente qui menait à la Muha. J'avais une peur de proie. Je n'étais pas sûr que Francis nous poursuivait, alors je me suis retourné pour vérifier. C'est là que son poing a frappé mon visage, et je me suis écrasé dans les cailloux. Puis une grêle de coups s'est abattue sur moi comme un essaim de guêpes. Gino criait et tentait de me protéger. Je l'ai vu tomber à son tour, à quelques centimètres de moi. Une main nous a traînés jusqu'au bord de la rivière, et Francis a plongé nos têtes dans l'eau brune et limoneuse de la Muha. Je ne respirais plus. Mon visage frottait les pierres au fond de l'eau. J'avais beau me débattre pour me dégager, la main de Francis était un étau qui broyait mon cou. Quand il me remontait à la surface, j'entendais des bribes de ses phrases. « Ce n'est pas bien de voler dans le jardin des gens. Vos parents ne vous l'ont pas appris, hein ? » Puis il me faisait replonger, tête la première, avec une rage qui me paralysait les os. Tout était flou. Mes mains s'agitaient désespérément, cherchant en vain à se raccrocher à quelque chose : une branche, une bouée, un espoir... Je griffais le sol de mes ongles comme pour trouver une autre issue, une trappe dérobée au fond de la rivière. L'eau s'infiltrait dans mes oreilles, dans mes narines. Et la voix continuait en sourdine. Elle était si douce en comparaison de cette étreinte qui me maintenait sous l'eau. « Bandes d'enfants gâtés, je vais vous apprendre les bonnes manières. » En plus de m'étouffer, Francis cherchait à m'assommer. Mon front cognait le sol. Mon unique instinct était de trouver de l'air au plus vite. Où était-il ? Mes poumons suffoquaient, se ratatinaient sur eux-mêmes. Mon cœur palpitait d'effroi, cherchait à s'échapper par ma bouche. J'entendais l'écho lointain de mes cris étouffés. J'appelais Papa et Maman. Où étaient-ils ? Francis ne jouait pas. Aucun doute, il avait décidé de me tuer. C'était donc ça, la violence ? De la peur et de l'étonnement saisis sur le vif. Il sortait ma tête de la rivière, d'un coup, et j'entendais : « Vos mères sont les putes des blancs ! » Et à nouveau je buvais la tasse. Je perdais mon combat. Doucement, mes muscles épuisés se relâchaient, j'acceptais la situation dans ces dix centimètres d'eau, avec la voix de Francis pour me bercer, je me laissais glisser, imperceptiblement. La peur et la soumission pour moi, la violence et la force pour lui.

Mais Gino refusait de se noyer. De toutes ses forces. Il refusait l'eau et les paroles. Il voyait plus loin. Il voulait encore cueillir des mangues en novembre et construire des frégates avec de longues feuilles de bananier pour descendre la rivière. Il n'était pas tétanisé, ni même fasciné par cette violence nouvelle. Il la défiait. À la merci de Francis, il se comportait pourtant d'égal à égal. Il répondait, répliquait, ripostait. J'apercevais furtivement les veines de son cou gonflées comme une chambre à air. « N'insulte pas ma mère ! N'insulte pas ma mère ! » J'ai senti la pression se relâcher sur ma nuque. Francis tentait de contenir l'énergie grandissante de Gino. Il avait besoin de ses deux bras, de ses deux mains, de ses genoux posés sur son dos. J'ai retrouvé un peu d'air pour mes poumons. À quatre pattes, d'abord, avant de m'écrouler sur le dos. Je crachotais. Il y avait beaucoup de lumière dans ce ciel bleu. J'ai fermé les yeux, ébloui par le soleil, et j'ai rampé pour poser ma tête contre un tronc de bananier couché au sol. L'une de mes oreilles était bouchée.

– Personne n'a le droit d'insulter ma mère ! répétait Gino.

– Si, j'ai le droit si je veux. Ta mère la catin.

Francis replongeait la tête de Gino dans cette eau marron où j'avais voulu abdiquer. C'était l'heure de la sieste. Le pic de chaleur de la journée. La rue était vide. Pas une seule voiture, là-bas, sur le pont. L'écorce du bananier était une chair spongieuse où blottir ma tête étourdie. J'ai recraché de l'eau avant de tousser des paroles paniquées. Francis continuait sans relâche, telles les lavandières qui plongent le linge dans l'eau tout en bavardant de la pluie et du beau temps. À la fin de chaque phrase de Francis, la tête de Gino disparaissait dans l'écume de la rivière. « Alors elle est où ta pute de mère ? On ne l'a jamais vue dans le quartier... » Gino attrapait quelques goulées d'air avant de couler comme le flotteur de l'hameçon ferrant un poisson. Il hurlait sous l'eau. Ça faisait des remous autour de sa tête. « Elle est où ta pute de mère ? » Et plus Francis le répétait, plus Gino s'étouffait, et plus je criais de le lâcher, et plus Francis recommençait, avec la même question. Gino perdait sa force. Il abandonnait.

Quand je me suis enfin levé, que j'ai retrouvé assez d'esprit pour tenter d'arrêter Francis, Gino a balbutié « morte ». J'ai entendu le mot, distinctement. Il l'a dit une seconde fois, dans un léger sanglot. « Ma mère est morte. »

Là-bas, sur le pont, un vieux se tenait debout contre la balustrade, un chapeau noir sur la tête et un parapluie arc-en-ciel ouvert au-dessus, dont la pointe en métal brillait comme une étoile de Noël. Les vieux aiment regarder les enfants jouer dans les rivières. Ils savent qu'ils ne pourront plus jamais jouer comme ça. Francis lui a fait un signe de la main. Le vieux n'a pas répondu. Il a continué à nous regarder un instant avant de poursuivre son chemin, à petits pas, avec son chapeau noir et son parapluie aux couleurs vives. Francis est passé devant moi et j'ai reculé. Mais il ne m'a même pas regardé, il est parti. Je me suis approché de Gino. Il pleurait au bord de la rivière. La tête entre les jambes, il hoquetait dans ses habits mouillés. Et tout paraissait plus calme encore. L'eau coulait devant nous, cruellement indifférente. J'ai voulu le réconforter et ai posé ma main sur son épaule. Gino m'a repoussé, s'est levé brusquement et est parti en direction de la route.

Je suis resté assis au bord de l'eau. Mon oreille s'est débouchée. Peu à peu, le bruit de la circulation a repris. Les sonnettes des vélos chinois, les sandales qui raclent la terre battue du trottoir, le bruit des pneus des minibus sur l'asphalte chaud. Tout revenait à la vie. Il y avait du mouvement sur le pont. Une colère froide est montée en moi. Je saignais dans la bouche, j'avais des écorchures aux mains et aux genoux. J'ai rincé mes plaies dans la Muha.

La colère me disait de braver ma peur pour qu'elle arrête de grandir. Cette peur qui me faisait renoncer à trop de choses. J'ai décidé d'affronter Francis. Je suis retourné dans son jardin récupérer nos perches. Il était sur le pas de sa porte et m'a menacé quand je me suis approché. J'ai continué d'avancer. Je sentais le sang sur ma langue, il avait un goût de sel. Je me suis immobilisé et je l'ai fixé droit dans les yeux. Longuement. Il n'a pas bougé, derrière son sourire arrogant. Il est resté sur le perron de la maison. La tête dans la rivière, j'avais eu peur de lui. Plus maintenant. J'avais ce goût de sang dans la bouche et ce n'était rien, rien face aux pleurs de Gino. Il suffisait de l'avaler, le sang, et alors on oubliait son goût. Mais les larmes de Gino ? La colère venait remplacer la peur. Je ne craignais plus ce qui pouvait m'arriver. J'ai pris nos perches et j'ai laissé les mangues derrière moi. Personne ne les ramasserait jamais. Je le savais. Mais ça m'importait peu. Avec cette colère qui grandissait en moi, je me fichais bien que des mangues pourrissent dans l'herbe fraîche.

18

Depuis, Gino me fuyait. Armand et les jumeaux n'étaient pas au courant de ce qui s'était passé, là-bas, dans la rivière. J'avais laissé croire que nous nous étions enfuis comme eux. Les larmes de Gino m'obsédaient toujours. Sa mère était-elle vraiment morte ? Je n'osais pas lui poser la question. Pas encore. Nous vivions des jours incertains. Les semaines ressemblaient à un ciel de saison des pluies. Chaque journée apportait son lot de rumeurs, de violence et de consignes de sécurité. Le pays n'avait toujours pas de président et une partie du gouvernement vivait dans la clandestinité. Mais dans les cabarets, on buvait sa bière et on mangeait sa brochette de chèvre comme pour résister à l'inquiétude du lendemain.

Un nouveau phénomène s'était emparé de la capitale. On appelait ça les journées « ville morte ». Des tracts étaient diffusés en ville avec des messages invitant la population à ne pas circuler un ou plusieurs jours précis. Lorsque ces opérations débutaient, des bandes de jeunes descendaient dans la rue, avec la bienveillance des forces de l'ordre, dressaient des barrages sur les axes principaux des différents quartiers, et agressaient ou jetaient des pierres sur les voitures ou les passants qui osaient sortir de chez eux. La peur s'abattait alors sur la ville. Les magasins restaient clos, les écoles fermaient, les vendeurs ambulants disparaissaient et chacun se barricadait chez lui. Le lendemain de ces journées de paralysie, on comptait les cadavres dans les caniveaux, on ramassait les pierres sur la chaussée et la vie reprenait son cours habituel.

Papa était désemparé. Lui qui cherchait à nous maintenir éloigné de la politique, se trouvait bien incapable de nous cacher la situation du pays. Il avait les traits tirés, s'inquiétait pour ses enfants et ses affaires. Il avait interrompu ses chantiers à l'intérieur du pays à cause des massacres qui se poursuivaient à grande échelle, on parlait de cinquante mille morts, et il avait dû licencier une grande partie de ses ouvriers.

Un matin où j'étais à l'école, un incident a eu lieu sur notre parcelle en présence de Papa. Une violente dispute avait éclaté entre Prothé et Innocent. Je ne sais pas de quoi il s'agissait, mais Innocent a levé la main sur Prothé. Papa a immédiatement licencié Innocent, qui ne voulait pas présenter ses excuses et qui menaçait tout le monde.

La tension permanente rendait les gens nerveux. Ils devenaient sensibles au moindre bruit, étaient sur leurs gardes dans la rue, regardaient dans leur rétroviseur pour être sûrs de n'être pas suivi. Chacun était aux aguets. Un jour, en plein cours de géographie, un pneu a éclaté derrière la clôture, sur le boulevard de l'Indépendance, et toute la classe, y compris le professeur, s'est jeté à plat ventre sous les tables.

À l'école, les relations entre les élèves burundais avaient changé. C'était subtil, mais je m'en rendais compte. Il y avait beaucoup d'allusions mystérieuses, de propos implicites. Lorsqu'il fallait créer des groupes, en sport ou pour préparer des exposés, on décelait rapidement une gêne. Je n'arrivais pas à m'expliquer ce changement brutal, cet embarras palpable.

Jusqu'à ce jour, à la récréation, où deux garçons burundais se sont battus derrière le grand préau, à l'abri du regard des profs et des surveillants. Les autres élèves burundais, échaudés par l'altercation, se sont rapidement séparés en deux groupes, chacun soutenant un garçon. « Sales Hutu », disaient les uns, « sales Tutsi » répliquaient les autres.

Cet après-midi-là, pour la première fois de ma vie, je suis entré dans la réalité profonde de ce pays. J'ai découvert l'antagonisme hutu et tutsi, infranchissable ligne de démarcation qui obligeait chacun à être d'un camp ou d'un autre. Ce camp, tel un prénom qu'on attribue à un enfant, on naissait avec, et il nous poursuivait à jamais. Hutu ou tutsi. C'était soit l'un soit l'autre. Pile ou face. Comme un aveugle qui recouvre la vue, j'ai alors commencé à comprendre les gestes et les regards, les non-dits et les manières qui m'échappaient depuis toujours.

La guerre, sans qu'on lui demande, se charge toujours de nous trouver un ennemi. Moi qui souhaitais rester neutre, je n'ai pas pu. J'étais né avec cette histoire. Elle coulait en moi. Je lui appartenais.

19

Nous avons découvert une réalité encore plus violente au Rwanda, quand nous nous y sommes rendus à la fin des vacances de février, avec Maman et Ana, pour assister au mariage de Pacifique. Il nous avait annoncé la nouvelle une semaine plus tôt. L'insécurité grandissante à Kigali avait accéléré les choses. Ana, Maman et moi, nous devions représenter la famille. Mamie et Rosalie restaient à Bujumbura, leurs statuts de réfugiées les empêchaient de voyager.

Dans le hall de l'aéroport Grégoire-Kayibanda nous attendait Eusébie, la tante de Maman à peine plus âgée qu'elle, qui avait toujours refusé l'exil. Maman la considérait comme la grande sœur qu'elle n'avait jamais eue. Elle avait la peau aussi claire que moi. Son visage allongé ressemblait à ceux des femmes de la famille, son front était large et bombé, ses oreilles minuscules, sa nuque gracile, ses dents du bonheur étaient légèrement avancées, et des taches de rousseur mouchetaient son nez et ses paupières. Elle portait une jupe noire plissée qui lui tombait sur les pieds et les larges épaulettes de sa veste lui donnaient des airs d'épouvantail. Ana avait passé une semaine chez elle, mais moi je la rencontrais pour la première fois. Très émue, elle m'a serré fort contre sa peau douce qui sentait le beurre de karité.

Veuve, Eusébie était installée dans une maison du centre-ville de Kigali où elle élevait seule ses quatre enfants, trois filles et un garçon de cinq à seize ans : Christelle, Christiane, Christian, Christine.

Les filles de tante Eusébie se sont précipitées sur Ana et ne l'ont plus lâchée d'une semelle. Elles en avaient fait leur invitée d'honneur, la poupée qu'elles souhaitaient dorloter pendant quelques jours. Elles se disputaient sa compagnie et se battaient pour coiffer ses cheveux lisses, si exotiques pour elles. Sur les murs de leur chambre, elles avaient accroché des photos prises avec Ana un an plus tôt, durant les vacances de Noël.

Christian avait le même âge que moi et ses yeux rieurs me dévisageaient joyeusement. Presque aussi bavard que les jumeaux, il était d'une curiosité sans égal. Il posait mille et une questions sur le Burundi, mes copains, mes sports préférés. Il était fier d'être le capitaine de l'équipe de foot de son école et il avait insisté pour me montrer les coupes et les médailles qu'il avait remportées en championnat interscolaire, bien en évidence sur la grande commode du salon. Il trépignait d'impatience à l'idée de la prochaine Coupe d'Afrique des nations, organisée en Tunisie. Son équipe favorite, le Cameroun, n'avait pas été qualifiée, alors il avait décidé de soutenir le Nigeria.

Pendant le dîner, tante Eusébie nous a raconté des tas d'anecdotes cocasses qui emportaient Maman dans d'interminables fous rires. Elle relatait avec beaucoup d'humour les vacances que Maman et elle, adolescentes, passaient chez les scouts dans les campagnes du Burundi. Elle transformait les malheurs et les épreuves de notre famille en une série d'histoires drôles et d'aventures rocambolesques, avec la complicité affectueuse de ses enfants. Ils l'applaudissaient, l'encourageaient, parfois terminaient ses récits à sa place ou l'aidaient à trouver ses mots en français. Après le dîner, tante Eusébie nous a dit de nous préparer pour le coucher et les enfants se sont exécutés immédiatement dans un joyeux chahut. Dans la salle de bains, les filles utilisaient leur brosse à dents comme micro, chantaient et dansaient devant la grande glace. Christian avait enfilé son maillot de Roger Milla en guise de pyjama. Avant de dormir, il aimait jongler avec sa balle contre le mur de sa chambre recouvert de posters de footballeurs. Après ça, disait-il, il était sûr de rêver de lui, victorieux, en finale de Coupe du monde.

Christian s'est endormi deux minutes à peine après que tante Eusébie a éteint la lumière. J'étais sur le point de sombrer à mon tour quand j'ai entendu la voix de Pacifique. Je me suis précipité dans le salon. Je m'attendais à le voir en treillis militaire, mais il était vêtu en simple polo, jean et tennis blanches. Il m'a soulevé du sol, porté à bout de bras au-dessus de sa tête. « Regarde-toi, mon Gaby ! Tu es un homme ! Tu vas bientôt dépasser ton oncle ! » Il avait toujours son visage d'ange et son allure de poète désinvolte, mais son regard avait changé, il était devenu grave. Tante Eusébie, un grand trousseau de clés à la main, était occupée à fermer les portes de la maison à double tour. Elle est revenue de la cuisine, a éteint l'ampoule du salon. La flamme d'un briquet a surgi une seconde plus tard pour allumer une bougie posée sur la table basse et Pacifique s'est installé dans un fauteuil, face à Maman. Elle m'a dit d'aller me coucher, qu'ils devaient maintenant parler entre adultes. J'ai obéi en traînant les pieds, mais au lieu de regagner mon lit, je suis resté dans le couloir, juste derrière la porte, d'où je pouvais les observer sans qu'ils me voient. Quand tante Eusébie est enfin venue s'asseoir, Pacifique s'est tourné vers Maman.

– Grande sœur, merci d'être venue si vite. Je m'excuse pour cette organisation un peu bousculée. Je ne pouvais pas attendre, pour le mariage. Tu sais, la famille de Jeanne est très croyante, très attachée aux traditions, à faire les choses dans le bon ordre. Alors on devait se marier avant de leur annoncer, pour le bébé. Tu comprends ? a-t-il dit en ponctuant sa question d'un clin d'œil.

Maman a marqué un temps d'arrêt, comme pour être sûre d'avoir bien entendu, puis elle a poussé un cri de joie avant de serrer Pacifique dans ses bras. Tante Eusébie, déjà au courant, affichait un sourire radieux. Très vite, Pacifique s'est dégagé de l'étreinte de Maman. Préoccupé, il a dit : « Assieds-toi, s'il te plaît, je dois encore te parler. »

Son visage s'est rembruni. Il a fait un signe du menton à tante Eusébie, qui s'est immédiatement dirigée vers la fenêtre, a jeté un rapide coup d'œil dehors, avant de fermer les jalousies et de tirer les rideaux. Elle est revenue s'asseoir à côté de Pacifique, sous un cadre rococo en plastique dans lequel trônait une belle photo studio noir et blanc d'elle avec son mari et ses enfants. Curieusement, sur ce cliché, elle était la seule à sourire. Le reste de la famille restait raide et figé devant l'objectif.

Pacifique a approché son fauteuil, de sorte que ses genoux touchaient ceux de Maman. Il s'est mis à parler d'une voix presque inaudible.

– Yvonne, tu dois m'écouter attentivement. Ce que je vais te dire est à prendre très au sérieux. La situation est plus grave qu'il n'y paraît. Nos services de renseignements ont intercepté des messages inquiétants et détecté des signaux qui nous laissent croire que quelque chose de terrible est en train de se préparer, ici. Les extrémistes hutus ne veulent pas partager le pouvoir avec nous, le FPR. Ils sont prêts à tout pour faire capoter les accords de paix. Ils ont prévu de liquider tous les leaders de l'opposition et toutes les personnalités modérées hutues de la société civile. Ensuite, ils s'occuperont des Tutsi...

Il a fait une pause, a regardé autour de lui, l'oreille tendue, guettant le moindre bruit anormal. Dehors, les crapauds coassaient à un rythme régulier. Malgré les rideaux fermés, une pâle lumière orangée provenant d'un réverbère de la rue avait réussi à se frayer un chemin dans le salon. Il a repris, toujours en chuchotant : « Nous craignons de grandes tueries partout dans le pays. Des tueries qui feront passer les précédentes pour de simples répétitions. »

La lumière de la bougie projetait son ombre sur le mur. L'obscurité estompait les traits de son visage. Ses yeux semblaient en suspension dans les ténèbres.

– Des machettes ont été distribuées dans toutes les provinces, il existe d'importantes caches d'armes dans

Kigali, des milices s'entraînent, avec l'appui de l'armée régulière, on distribue des listes de personnes à assassiner dans chaque quartier, les Nations unies ont même reçu des informations confirmant que le pouvoir est en mesure de tuer mille Tutsi toutes les vingt minutes…

Une voiture est passée dans la rue. Pacifique s'est tu. Il a attendu qu'elle s'éloigne et a repris dans un murmure.

– La liste est encore longue de ce qui nous attend. Nos familles sont en sursis. La mort nous encercle, elle va bientôt s'abattre sur nous, alors nous serons pris au piège.

Troublée, égarée, maman a cherché des yeux confirmation auprès de tante Eusébie, dont le regard fixait tristement un point sur le sol.

– Et les accords d'Arusha ? Et le gouvernement de transition ? a dit Maman d'un ton paniqué. Je pensais que la guerre était terminée, que les choses s'arrangeaient. Ce massacre que tu annonces, comment pourrait-il avoir lieu à Kigali alors qu'il y a tant de Casques bleus ? Ce n'est pas possible…

– Il suffira d'en tuer quelques-uns et tous les blancs de ce pays seront évacués. Cela fait partie de leur stratégie. Les grandes puissances ne vont pas risquer la vie de leurs soldats pour celles de pauvres Africains. Les extrémistes le savent.

– Qu'attendons-nous pour informer la presse internationale ? les ambassades ? les Nations unies ?

– Ils sont parfaitement au courant. Ils ont les mêmes renseignements que nous. Ils n'y attachent aucune importance. N'attendons rien d'eux. Ne comptons que sur nous. Si je suis venu te voir, c'est parce que nous avons besoin de ton aide, grande sœur. En tant que seul homme de notre famille, je dois prendre une décision rapidement. Je te demande d'accueillir à Bujumbura les enfants de tante Eusébie ainsi que ma future femme et le bébé qu'elle porte. Ils resteront au Burundi le temps nécessaire. Là-bas, ils seront en sécurité.

– Mais tu sais très bien qu'au Burundi aussi c'est la guerre, a dit Maman.

– Ici, ce sera bien pire qu'une guerre.

– Quand voulez-vous les envoyer ? a répondu Maman, sans perdre de temps.

– Tout le monde vous rejoindra pour les vacances de Pâques afin de ne pas éveiller de soupçons.

– Et toi, Eusébie ? Que vas-tu faire ?

– Je vais rester, Yvonne, il faut que je continue de travailler pour les enfants. Sans eux, je me sentirai moins vulnérable. On ne peut pas tous fuir, de toute façon. Ça ira pour moi, ne t'inquiète pas, j'ai des contacts aux Nations unies, en cas de problème, j'arriverai à me faire évacuer.

On a entendu le bruit d'un moteur devant la maison. Eusébie s'est précipitée à la fenêtre, a entrouvert très légèrement les rideaux. Quelqu'un lançait des appels de phares. Elle s'est retournée, a fait un signe de tête à Pacifique. Quand il s'est levé, j'ai aperçu un revolver coincé dans la ceinture de son jean.

– Je dois y aller, on m'attend. On se voit demain pour le mariage. Faites attention sur la route. Je ne pourrai pas faire le trajet avec vous jusqu'à Gitarama, je suis surveillé de près par les services secrets et je ne veux pas que l'on fasse le rapprochement entre vous et moi. Les familles des soldats du FPR se trouvent en haut des listes des personnes à assassiner. Je vous retrouverai à l'heure de la cérémonie.

Puis il s'est glissé dehors. Je suis sorti de ma cachette et j'ai rejoint tante Eusébie devant la fenêtre. Une moto s'éloignait. On apercevait les lumières rouges de son phare arrière quand elle freinait devant les nids-de-poule. Peu à peu le bruit du moteur a diminué, s'est effacé. Eusébie a refermé les rideaux. Plus rien ne bougeait. Tout était silencieux partout dans le monde.

20

Les premières lueurs du jour ont chassé l'angoisse de la nuit. Les rires d'Ana et des cousines dans le jardin m'ont réveillé. Tante Eusébie et Maman n'avaient pas fermé l'œil, je les avais entendues chuchoter jusqu'à l'aube. Tout de suite après le petit déjeuner, nous avons pris la route. Christian et moi étions dans le coffre, assis sur les valises contenant nos vêtements pour le mariage. Tante Eusébie préférait que l'on s'habille à notre arrivée pour rester le plus discret possible en cas de contrôle de police. Les filles étaient serrées les unes contre les autres sur la banquette arrière du break. Maman, assise à l'avant, s'est maquillée devant le miroir du pare-soleil. La voiture a d'abord traversé des quartiers populaires pleins d'agitation et de klaxons, puis, après la gare routière, le paysage s'est peu à peu désencombré. La ville a laissé place à des marais de papyrus à perte de vue. Tante Eusébie roulait vite pour arriver le plus tôt possible à Gitarama, à cinquante kilomètres de Kigali. Nous sommes restés coincés un long moment derrière un camion dont le pot d'échappement crachait une épaisse fumée noire. Les filles ont remonté les vitres en vitesse en se bouchant le nez à cause de l'odeur d'œuf pourri.

Maman a allumé la radio et le rythme entraînant de la chanson de Papa Wemba a aussitôt envahi l'habitacle. Les cousins se sont mis à gigoter et Christian m'a regardé d'un air malicieux en soulevant ses sourcils et en remuant les épaules comme un danseur éthiopien. Tante Eusébie s'est empressée de monter le son de la radio. Depuis le coffre, je voyais les têtes se balancer de gauche à droite au rythme de la musique. Au refrain, les filles chantaient : « Maria Valencia héé héé hé ! » Cela amusait Maman qui se retournait pour me jeter des clins d'œil complices. Un animateur de la radio faisait le clown, chantait par-dessus la musique. Je ne comprenais que certains mots dans ses phrases en kinyarwanda : « Radio 106 FM ! Radio Sympa ! Papa Wemba ! » Sur un ton enjoué, il reprenait le refrain, parlait, plaisantait, un vrai zouave à l'antenne. Je m'étais pris au jeu, moi qui pourtant détestais danser, je me trémoussais, frappais des mains n'importe comment et chantais « Héé héé hé » avec enthousiasme, quand soudain, j'ai remarqué que plus personne ne bougeait. Les visages des cousins avaient changé d'expression. Christian était figé. Tante Eusébie a brusquement éteint la radio. Plus personne ne parlait dans la voiture. Sans voir le visage de Maman, je sentais son malaise. J'ai regardé Christian :

– Qu'est ce qu'il y a ?

– Rien. Des bêtises. C'est l'animateur de la radio... Ce qu'il disait...

– Qu'est-ce qu'il disait ?

– Il a dit que tous les cafards doivent périr.

– Les cafards ?
– Oui, les cafards. Les Inyenzy.
– ...
– Ils utilisent ce mot pour parler de nous, les Tutsi.
La voiture a ralenti. Devant nous, des véhicules étaient arrêtés sur un pont.
– Un barrage militaire, a dit tante Eusébie, affolée.
Arrivés au niveau des soldats, l'un d'eux a fait signe à tante Eusébie de couper le moteur et lui a demandé sa carte d'identité. Un autre, kalachnikov en bandoulière, faisait son inspection en tournant d'un air menaçant autour du véhicule. Lorsqu'il est passé devant le coffre, il a collé son visage contre la vitre. Christian a tourné la tête pour éviter de croiser son regard, moi aussi. Le soldat s'est ensuite approché de Maman. Après l'avoir dévisagée, il lui a sèchement demandé ses papiers. Maman a tendu son passeport français. Le soldat a jeté un rapide coup d'œil dessus, puis, en ricanant, il lui a dit, en français :
– Bonjour, Madame la Française.
Il feuilletait le passeport avec une expression amusée. Maman n'osait pas parler. Il a continué :
– Mmm... Je ne pense pas que tu sois une vraie Française. Je n'ai jamais vu une Française avec un nez comme le tien. Et cette nuque...
Il a alors passé sa main dans le cou de Maman. Elle n'a pas bougé. Elle était raide de peur. Tante Eusébie parlementait de son côté avec l'autre soldat. Elle faisait tout pour dissimuler son angoisse.
– Nous allons à Gitarama rendre visite à un de nos proches qui est malade.

Je regardais la barrière derrière eux, leurs armes qui se balançaient sur leurs épaules, j'entendais le bruit de la sangle qui grince et de la rivière ocre rouge, coincée entre les berges de papyrus, qui coulait sous le pont avec ses tourbillons éphémères à la surface de l'eau. C'était étrange de comprendre les allusions du militaire, la peur dans les gestes de tante Eusébie, la peur de Maman. Un mois plus tôt, je n'aurais rien saisi. Des soldats hutus d'un côté, une famille tutsie de l'autre. J'étais aux premières loges de ce spectacle de la haine.

– Allez, dégagez, bande de cafards ! a dit le soldat subitement, en jetant la carte d'identité au visage de tante Eusébie.

Le second soldat a rendu son passeport à Maman et a brutalement poussé son nez du bout de son index.

– Au revoir, femelle serpent ! Et comme tu es française, salue bien bas notre ami tonton Mitterrand ! a-t-il dit, en ricanant à nouveau.

Quand tante Eusébie a démarré, un des soldats a donné des coups de pied dans la carrosserie. Avec sa crosse, le second a éclaté une des vitres arrière, projetant des débris de verre sur Christian et sur moi. Ana a poussé un cri aigu. Tante Eusébie est partie en trombe.

En arrivant chez Jeanne, nous étions encore sous le choc, mais tante Eusébie nous a demandé de ne rien dire pour ne pas gâcher la fête.

La famille de Jeanne vivait dans une modeste maison de brique rouge entourée d'une clôture d'euphorbes, sur les hauteurs de Gitarama. Ses parents, ses frères et ses sœurs nous attendaient et nous avons eu droit à un long rituel de salutations codifiées en guise de bienvenue, avec cette façon toute particulière de se palper le dos, les bras, en accompagnant ses gestes de formules appropriées. Ana et moi étions perdus avec nos corps patauds, incapables de répondre aux questions que nos hôtes nous posaient en kinyarwanda.

Jeanne est alors apparue dans sa robe de mariée, grande, presque autant que Pacifique, d'une beauté saisissante. Elle tenait dans la main un bouquet d'hibiscus roses qu'elle a offert à Ana. Maman s'est approchée d'elle avec douceur, elle a pris son visage entre ses mains, a soufflé quelques bénédictions à son oreille et lui a souhaité la bienvenue dans notre famille.

Après avoir enfilé nos tenues de cérémonie, nous nous sommes rendus à pied à la mairie. Nous avons pris un raccourci – un étroit sentier en terre qui longeait de petites maisons de boue et de torchis collées les unes aux autres. J'ouvrais la marche avec Christian, Jeanne et Maman se tenaient par le bras, en veillant à ne pas glisser. La piste a débouché sur la grande route asphaltée qui menait à Butare. À notre passage, les badauds se retournaient, les vélos s'arrêtaient, les gens, curieux, sortaient de chez eux pour nous observer. Les regards étaient insistants, ils nous perçaient littéralement, nous disséquaient sur place. Notre cortège était l'attraction de la ville.

Vêtu d'un costume gris mal ajusté, Pacifique nous attendait dans la salle des cérémonies. Il avait retrouvé son expression naïve et légère. L'officier d'état civil, lui, semblait pressé et légèrement saoul. D'une voix monocorde, il a récité pendant de longues minutes des articles de lois énonçant les droits et les devoirs des époux. Nous étions peu nombreux dans la salle de la commune, uniquement la famille proche. Personne ne souriait, certains bâillaient ou regardaient dehors les longs eucalyptus se balancer sous le soleil. Pacifique et Jeanne, eux, ne cachaient pas leur émotion, et semblaient amusés d'être déjà mari et femme. Ils ne se quittaient pas des yeux, souriaient au bonheur à venir, se frôlaient dès qu'ils le pouvaient. Ils avaient dit oui sous le portrait du président. Celui-là même que Pacifique combattait avant les accords de paix.

Après la cérémonie, nous sommes remontés chez Jeanne. Le ciel était gris, il faisait presque nuit en plein jour et un vent violent soulevait des nuages rouges de poussière au-dessus de la ville, détachant les tôles des toits de certaines cases. Tante Eusébie a dit à Pacifique que nous devions rentrer à Kigali avant la fin de l'après-midi, c'était plus sûr, et il n'a pas insisté pour nous retenir. Il connaissait les risques et était heureux que nous ayons pu faire le déplacement malgré tout.

Une pluie rapide qui a lavé le ciel et lui a rendu le soleil perdu nous a retardés, et puis enfin il a été temps de partir. Jeanne nous a remerciés en nous offrant à chacun un cadeau. J'ai reçu une statue de gorille des montagnes en terre cuite. Maman ne lâchait plus le bras de Jeanne, elle lui répétait à quel point elle avait hâte qu'elle nous rejoigne à Bujumbura pour faire plus ample connaissance. Discrètement, elle a glissé une petite enveloppe avec des billets dans la poche du vieux père de Jeanne. Il l'a remerciée en soulevant son drôle de chapeau de cow-boy. Tante

Eusébie s'est éloignée avec Jeanne au fond du petit jardin, elle a fait quelques prières pour l'enfant, en posant la paume de ses mains sur le bas-ventre de la jeune mariée. Tout le monde se disait au revoir, étonné de se quitter déjà, surpris d'avoir célébré un mariage si vite, presque en cachette. Christian et moi avons repris notre place dans le coffre. En refermant la portière de Maman, Pacifique s'est penché dans la voiture.

– On refera une fête digne de ce nom, et cette fois-ci j'apporterai ma guitare !

On a tous approuvé en chœur.

– Mais qu'est-il arrivé à ta vitre, Tantine ?

– Oh rien, un petit accident sans gravité, a éludé tante Eusébie.

Elle a démarré, a manœuvré pour sortir de la petite cour. Avant de franchir le portail, je me suis retourné pour dire au revoir. Jeanne et Pacifique étaient au premier plan, main dans la main dans leurs tenues de mariage. Le père de Jeanne, à côté, agitait son chapeau au-dessus de sa tête. Derrière eux, la famille de Jeanne se tenait immobile. La scène avait l'allure d'un tableau, avec cette lumière rosée de fin d'après-midi qui les éclairait latéralement. La voiture cahotait de gauche à droite, descendait lentement le petit chemin de terre. Ils ont fini par disparaître, engloutis par la pente.

21

Sur un coin de la table de la cuisine, je terminais mes devoirs. Prothé, perdu dans ses pensées, faisait la vaisselle. Le poste de radio diffusait un discours du nouveau président burundais, Cyprien Ntaryamira, un membre du Frodebu, élu par le Parlement après plusieurs mois de vacance du pouvoir.

Le matin, un assassinat avait eu lieu en pleine rue, non loin de l'école. Les cours de l'après-midi avaient été annulés. Depuis mon retour du Rwanda et la rentrée des classes, je n'étais pas retourné voir les copains dans l'impasse. J'ai refermé mes cahiers et j'ai décidé de faire un tour chez Gino pour mettre un terme au malaise qui flottait entre nous. Il n'était pas chez lui, alors j'ai filé chez les jumeaux. Avec Armand, ils étaient affalés dans le canapé, hypnotisés par un film de kung-fu. Je me suis allongé sur le tapis du salon. Les images défilaient sous mes yeux pendant que mon esprit vagabondait. J'ai dû m'endormir assez longtemps, car quand j'ai ouvert les yeux, le générique passait lentement sur l'écran. Nous avons décidé de bouger à la planque pour jouer aux cartes.

En ouvrant la porte coulissante du Combi Volkswagen, nous sommes tombés sur Gino et Francis qui partageaient une cigarette. Il m'a fallu un instant pour comprendre ce que je voyais.

– Qu'est-ce qu'il fout là ? j'ai demandé, furieux.

– Calme-toi. J'ai proposé à Francis de rejoindre la bande. On aura besoin de lui pour protéger l'impasse.

Francis, vautré sur la banquette, décontracté, comme chez lui, fumait une cigarette par son côté incandescent. Armand et les jumeaux ne réagissaient pas. Alors j'ai claqué la portière de toutes mes forces. Je me sentais trahi. Je sortais du terrain vague, quand Gino m'a rattrapé.

– Reviens, Gaby ! Ne t'en va pas !

– Qu'est-ce qui te prend ? j'ai crié en le poussant en arrière. C'est notre pire ennemi et tu veux l'intégrer au groupe ?

– Je le connaissais mal. Je me suis trompé sur son compte. Il n'est pas celui que tu crois.

– Et ce qu'il a fait dans la rivière ? T'as oublié ? Il a voulu nous tuer, ce taré !

– Il regrette, il est venu frapper à mon portail quelques jours après, pour s'excuser...

– Et toi, tu le crois ? Tu ne vois pas que c'est encore une de ses tactiques. Comme il a fait à mon anniversaire.

– Non, non Gaby, tu te trompes. Il est réglo. J'ai beaucoup discuté avec lui. C'est pas un mauvais bougre, seulement, tu vois, il n'a pas eu beaucoup de chance dans la vie. Lui aussi, il a perdu sa mère. Enfin... Toi tu ne peux pas comprendre, t'as la tienne. Mais perdre sa mère, ça peut te rendre différent par moments, dur et tout...

Gino a baissé la tête, il s'est mis à creuser la terre avec le bout de sa chaussure.

– Gino... Je voulais te dire... Je suis désolé, pour ta mère. Mais pourquoi tu ne me l'as jamais dit ?

– Je ne sais pas. Et puis tu sais, ma mère n'est pas vraiment morte. C'est difficile à expliquer. Je lui parle, je lui écris des lettres, je l'entends, même, des fois. Tu comprends ? Ma mère elle est là... quelque part...

J'avais envie de l'étreindre, de lui dire des mots réconfortants, mais je ne savais pas comment m'y prendre, je ne savais pas quoi dire. Je n'ai jamais su. Je me sentais si proche de lui, je ne voulais pas perdre Gino. Mon frère, mon ami, mon double positif. Il était celui que j'aurais voulu être. Il avait la force et le courage qui me manquaient.

– Gino, je suis toujours ton meilleur ami ?

Il m'a regardé dans les yeux, puis s'est dirigé vers un buisson d'acacias, derrière moi. Il a brisé une épine, l'a sucée pour enlever la poussière avant de se piquer le bout du doigt. Un peu de sang est apparu, comme quand on fait l'examen de la goutte épaisse pour le paludisme. Il a pris un de mes doigts et a enfoncé la même épine jusqu'à ce que je saigne. Ensuite il a collé nos doigts ensemble.

– C'est ma réponse à ta question, Gaby. Tu es mon frère de sang, maintenant. Je t'aime plus que n'importe qui.

Il avait la voix qui tremblait légèrement. J'ai commencé à sentir des picotements dans ma gorge. On évitait de se regarder, on aurait pu pleurer. On est retournés au Combi main dans la main.

Francis était en grande discussion avec les jumeaux et Armand. Ils l'écoutaient avec la même attention qu'ils avaient tout à l'heure devant le film de kung-fu. Il racontait les histoires presque mieux que les jumeaux, en ponctuant ses phrases de mots inventés, mélangeant swahili, français, anglais et kirundi.

Quand la chaleur dehors est retombée, on lui a proposé de venir se rafraîchir avec nous dans la rivière.

– Si vous voulez vous baigner, j'ai bien mieux que la Muha, a dit Francis. Suivez-moi !

Sur la grande route, il a hélé un taxi bleu et blanc. Le chauffeur a commencé par faire des histoires car il ne voulait pas embarquer un tas de gamins, mais Francis lui mis un billet de mille balles sous le nez et le type a démarré aussitôt. On en revenait pas, un vrai tour de magie ! D'un coup, on était excités de sortir de l'impasse tous ensemble. Les jumeaux répétaient :

– On va où ? On va où ? On va où ?

– C'est une surprise, répondait Francis, mystérieux.

Un souffle d'air chaud s'engouffrait dans la voiture. Armand avait son bras en dehors du taxi, il faisait l'avion avec sa main dans le vent. La ville était animée, les abords du marché bruyants, la gare routière enchevêtrée de vélos et de minibus. On n'aurait pas cru que le pays était en guerre. De lourds manguiers pavoisaient la chaussée Prince Louis Rwagasore. Gino a appuyé sur le klaxon du taxi quand on a croisé les gosses d'un autre quartier occupés à décrocher des mangues avec leurs grandes perches. Le taxi est monté sur les hauteurs de la ville. L'air devenait frais. On a dépassé le mausolée du Prince, sa grande croix et ses trois arches pointues aux couleurs du drapeau national. Dessus, on lisait en lettres capitales la devise du pays : « Unité Travail Progrès ». On était déjà assez haut pour voir l'horizon. Bujumbura avait la forme d'un transat au bord de l'eau. Comme une station balnéaire étalée de tout son long entre la crête des montagnes et le lac Tanganyika. Nous nous sommes arrêtés devant le collège du Saint-Esprit, grand paquebot blanc surplombant la ville. Nous n'étions jamais montés si haut dans Bujumbura. Francis a redonné mille balles au taximan en lui disant de patienter là.

Quand nous sommes entrés dans l'enceinte du collège, il s'est mis à pleuvoir de grosses gouttes d'eau chaude qui faisaient des petits cratères dans la poussière et nous éclaboussaient les mollets. Une odeur de terre mouillée s'est élevée du sol. À cause de la pluie, les étudiants couraient se réfugier dans les classes et les dortoirs. Très vite, nous nous sommes retrouvés seuls dans cette grande cour vide. On a continué de suivre Francis le long des allées. Je marchais la bouche ouverte et des gouttes de pluie tombaient sur ma langue, rafraîchissaient mon palais. Derrière un muret, on a découvert la piscine. Irréelle. Un vrai bassin olympique, avec son grand plongeoir en béton. Aussitôt, Francis s'est déshabillé entièrement et s'est précipité dans le bassin. Gino lui a emboîté le pas. Puis nous nous sommes tous mis nus, même Armand le pudique, et nous avons plongé en boule, les genoux remontés contre nos poitrines. La pluie tombait en rafales furieuses sur la surface de l'eau, traversée par instants d'un rayon de soleil. On était heureux comme au premier jour d'un coup de foudre. Dans un délire de rires, on s'épuisait à faire des longueurs et des courses stupides, à se tirer les jambes par en dessous, à se noyer pour jouer. Francis se mettait sur le bord du bassin et accomplissait des saltos arrière. Les copains étaient subjugués, Gino le premier. Devant ces prouesses physiques, ses yeux brillaient. Je sentais la jalousie me pincer.

– T'es cap' de faire ça du grand plongeoir ? a lancé Gino, éperdu d'admiration.

Une pluie crépitante nous fouettait le visage. Francis a levé la tête, puis a répondu :

– T'es malade ! Y a bien dix mètres ! Je vais me tuer.

Je n'ai pas hésité une seconde. Je voulais montrer à Gino que je valais bien plus que Francis. Je suis sorti de l'eau et me suis dirigé d'un pas décidé vers la grande échelle. Elle était glissante et son sommet se perdait dans la brume. Pendant mon ascension, l'eau ruisselait sur mon visage, m'empêchant d'ouvrir les yeux. Je m'agrippais de toutes mes forces, priais pour ne pas déraper. Les autres me regardaient comme si j'étais devenu fou. Arrivé en haut, je me suis avancé au bord du plongeoir. En bas, les copains étaient incrédules. Leurs petites têtes flottaient sur l'eau comme des ballons. Je n'avais pas le vertige mais mon cœur s'est mis à palpiter anormalement vite. Je voulais rebrousser chemin. Mais alors, je voyais déjà la réaction de Francis, ses ricanements, ses sarcasmes sur les fils à maman qui se dégonflent. Et Gino serait déçu, se rangerait de son côté, finirait par se détourner de moi, oublierait notre amitié et notre pacte de sang.

Depuis le sommet du plongeoir, je voyais Bujumbura, et la plaine immense, et les montagnes immémoriales du Zaïre de l'autre côté de la masse bleue du lac Tanganyika. J'étais nu au-dessus de ma ville et une pluie tropicale glissait sur moi en lourds rideaux, me caressait la peau. Des reflets d'arcs-en-ciel argentés flottaient dans les nuages tendres. J'entendais la voix des copains : « Vas-y, Gaby ! Allez, Gaby ! Allez ! » La peur revenait. Celle qui s'amusait à me paralyser depuis toujours. J'ai tourné le dos au bassin. Mes talons étaient maintenant dans le vide. J'ai pissé de trouille, le liquide jaune s'enroulait comme du lierre autour de ma jambe. Pour me donner du courage, j'ai poussé un grand cri de Sioux dans le raffut de cascade que faisait la drache. Alors mes jambes se sont pliées comme des ressorts et m'ont propulsé en arrière. Mon corps a fait une rotation dans les airs, le mouvement était parfait, contrôlé par je ne sais quelle force mystérieuse. Après, je me suis simplement senti tomber comme un pantin ridicule. Je ne savais plus où j'étais quand l'eau m'a surpris en m'accueillant dans ses bras cotonneux, m'enveloppant comme une fièvre dans la chaleur de ses remous et de ses bulles d'air chatouilleuses. Arrivé au fond du bassin, je me suis allongé sur le carrelage, pour savourer mon exploit.

Quand je suis remonté, c'était le triomphe ! Les copains se sont précipités sur moi, ils chantaient : « Gaby ! Gaby ! », la surface de l'eau était devenue tam-tam. Gino m'a levé le bras comme un boxeur victorieux, Francis m'a embrassé le front. Je sentais leurs corps glissants contre moi me frôler, me serrer, m'étreindre. Je l'avais fait ! Pour la deuxième fois de ma vie, j'avais vaincu cette maudite peur. Je finirais bien par me dépouiller de cette grotesque carapace.

Le vieux gardien du collège est venu nous chasser de la piscine. On a ramassé nos habits trempés, on s'est enfuis les fesses à l'air en riant à en perdre haleine. Le taximan aussi est parti d'un grand fou rire quand il nous a vus grimper dans son véhicule, nus comme des vers. La nuit était tombée sous la pluie. La voiture, pleins phares, s'est mise à descendre lentement les routes sinueuses du quartier Kiriri. Pour voir la ville, il fallait enlever la buée en frottant les vitres avec nos slips. Bujumbura était maintenant une plantation de lumières, un champ de lucioles qui illuminait l'opacité de la plaine. À la radio, Geoffrey Oryema chantait « Makambo », sa voix était un instant de grâce, elle fondait comme un bout de sucre dans nos âmes, et ça nous apaisait de notre trop-plein de bonheur. On ne s'était jamais sentis si libres, si vivants, de la tête aux pieds, à l'unisson, reliés entre nous par les mêmes veines, irrigués du même fluide voluptueux. Je regrettais ce que j'avais pu penser de Francis. Il était comme nous, comme moi, un simple enfant qui faisait comme il pouvait dans un monde qui ne lui donnait pas le choix.

Un vrai déluge s'abattait sur Bujumbura. Les caniveaux débordaient, charriant depuis le sommet de la ville jusqu'au lac une eau boueuse chargée d'ordures. Les essuie-glaces ne servaient plus à grand-chose, s'essoufflaient vainement sur le pare-brise. Dans la nuit d'encre, les feux des voitures balayaient la route, coloriaient de jaune et de blanc les gouttes de pluie. On retournait vers l'impasse, au point de départ de ce fol après-midi.

Nous étions sur le pont Muha quand le taxi a brusquement pilé. Personne ne s'y attendait, nous nous sommes cognés les uns aux autres, projetés vers l'avant. La tête de Francis a heurté le tableau de bord. Quand il s'est relevé, un peu de sang coulait de son nez. Le temps de recouvrer nos esprits, l'attitude du taximan nous a glacés. Il était pétrifié. Les mains tétanisées sur le volant, ses yeux effrayés fixaient la route, et il répétait : « Sheitani ! Sheitani ! Sheitani ! » Le diable.

Devant nous, dans l'obscurité, un peu au-delà de la lumière des phares, nous avons vu passer l'ombre d'un cheval noir.

22

Ce matin du 7 avril 1994, la sonnerie du téléphone a retenti dans le vide. Papa n'était pas rentré de la nuit. J'ai fini par décrocher :

– Allô ?

– Allô ?

– C'est toi, Maman ?

– Gaby, passe-moi ton père.

– Il n'est pas là.

– Comment ?

Elle a fait une pause. J'entendais sa respiration.

– J'arrive.

Comme au lendemain du coup d'État, il n'y avait personne dans la parcelle. Ni Prothé, ni Donatien, ni même la sentinelle. Tout le monde avait disparu. Maman est arrivée rapidement sur sa moto. Elle avait encore son casque sur la tête quand elle a monté les marches de la barza quatre à quatre pour nous prendre dans ses bras, Ana et moi. Maman avait des gestes fébriles. Elle a préparé du thé dans la cuisine, puis est venue s'asseoir dans le salon. Elle tenait sa tasse avec ses deux mains, soufflant sur la vapeur parfumée qui s'en échappait.

– Votre père vous laisse souvent seuls ?

Au moment où je répondais non, Ana disait oui.

– La nuit du coup d'État, Papa n'était pas là, a lâché Ana, comme pour régler des comptes.

– Salopard ! a lancé Maman.

Quand Papa est arrivé et qu'il est entré dans le salon, il n'a dit bonjour à personne. Il semblait simplement étonné de trouver Maman assise sur le canapé.

– Qu'est-ce que tu fais là, Yvonne ?

– Tu n'as pas honte de laisser tes enfants seuls toute la nuit ?

– Ah, je vois... Tu veux qu'on en parle ? Vraiment ? Tu as quitté le domicile conjugal, alors tu es certainement la moins bien placée pour les reproches.

Maman a fermé les yeux. Elle a baissé la tête. Elle s'est mise à renifler avant d'essuyer son nez avec la manche de son chemisier. Papa la regardait durement, prêt à en découdre. Quand elle s'est tournée vers nous, ses yeux étaient rougis par les larmes. Elle a dit :

– Le président du Burundi et celui du Rwanda ont été tués cette nuit. L'avion dans lequel ils étaient a été abattu au-dessus de Kigali.

Papa s'est laissé tomber dans un fauteuil. Sonné.

– Jeanne et Pacifique ne répondent pas. Tante Eusébie non plus. J'ai besoin de ton aide, Michel.

À Bujumbura, la situation était calme malgré l'annonce de l'attentat et de la mort du nouveau président. Papa a contacté les gendarmes de l'ambassade de France pendant que Maman tentait désespérément de joindre sa famille au Rwanda. En fin d'après-midi, tante Eusébie a enfin répondu. Papa suivait la conversation avec l'écouteur du téléphone.

– Yvonne, s'est exclamée Eusébie. Yvonne, c'est toi ? Non, ça ne va pas du tout. Nous avons entendu l'explosion de l'avion, hier soir. Quelques minutes après, à la radio, ils ont annoncé la mort du président, en accusant les Tutsi d'être responsables de l'attentat. La population hutue a été appelée à prendre les armes, en représailles. J'ai compris que c'était leur signal pour nous éliminer. Ils n'ont pas tardé à installer des barrages un peu partout. Depuis, les miliciens et la garde présidentielle sillonnent la ville, ratissent les quartiers, rentrent dans les maisons des Tutsi et des opposants hutus, massacrent des familles entières, n'épargnent personne. Nos voisins et leurs enfants se sont fait tuer ce matin, à l'aube, juste là, derrière la clôture. C'était affreux, mon Dieu... Nous avons assisté à leur agonie, sans rien pouvoir faire. Nous sommes terrorisés. Couchés par terre, à l'intérieur de la maison. On entend des tirs de mitraillette tout autour de nous. Qu'est-ce que je peux bien faire, seule avec mes quatre enfants ? Yvonne, que va-t-il nous arriver ? Et mon contact aux Nations unies qui ne répond pas. J'ai peu d'espoir...

Sa voix était haletante. Maman essayait de la rassurer comme elle pouvait :

– Ne dis pas ça, Eusébie ! Je suis avec Michel, on va joindre l'ambassade de France à Kigali. Ne t'inquiète pas. Je suis sûre que Pacifique est déjà en route pour vous récupérer. Si tu peux, essaye de te réfugier à la Sainte Famille. Les tueurs n'attaquent pas les églises, rappelle-toi les pogroms de 1963 et 1964, on a survécu de cette façon, ce sont des sanctuaires qu'ils n'osent pas profaner...

– Impossible. Le quartier est encerclé. Je ne peux pas prendre le risque de sortir avec les enfants. J'ai pris ma décision. Je vais prier avec eux, puis je vais les cacher dans le faux plafond, ensuite j'irai chercher de l'aide. Mais je préfère te dire adieu maintenant. C'est mieux comme ça. Nous avons peu de chances de nous en sortir, cette fois-ci. Ils nous haïssent trop. Ils veulent en finir une bonne fois pour toutes. Cela fait trente ans qu'ils parlent de nous supprimer. C'est l'heure pour eux de mettre leur projet à exécution. Il n'y a plus de pitié dans leurs cœurs. Nous sommes déjà sous terre. Nous serons les derniers Tutsi. Après nous, je vous en supplie, inventez un nouveau pays. Je dois te laisser. Adieu ma sœur, adieu... Vivez pour nous... j'emporte avec moi ton amour...

Quand Maman a reposé le combiné, elle était pétrifiée, ses dents claquaient, ses mains tremblaient. Papa l'a prise dans ses bras pour la calmer. Elle s'est très vite ressaisie, elle a demandé à Papa de composer un autre numéro, puis un autre et encore un autre...

Durant des jours et des nuits, ils se sont relayés au téléphone, essayant de joindre les Nations unies, l'ambassade de France, de Belgique.

– Nous n'évacuons que les Occidentaux, répondaient froidement leurs interlocuteurs.

– Et aussi leurs chiens et leurs chats ! hurlait Maman en réponse, hors d'elle.

Au fil des heures, des jours, des semaines, les nouvelles qui nous parvenaient du Rwanda confirmaient ce que Pacifique avait prédit quelques semaines plus tôt. Partout dans le pays, les Tutsi étaient systématiquement et méthodiquement massacrés, liquidés, éliminés.

Maman ne mangeait plus. Maman ne dormait plus. La nuit, elle quittait discrètement son lit. Je l'entendais décrocher le téléphone du salon. Composer pour la millième fois les numéros de Jeanne et de tante Eusébie. Le matin, je la retrouvais endormie sur le canapé, le combiné posé à côté de son oreille, la ligne qui sonnait dans le vide.

Chaque jour, la liste des morts s'allongeait, le Rwanda était devenu un immense terrain de chasse dans lequel le Tutsi était le gibier. Un humain coupable d'être né, coupable d'être. Une vermine aux yeux des tueurs, un cancrelat qu'il fallait écraser. Maman se sentait impuissante, inutile. Malgré sa détermination et l'énergie qu'elle déployait, elle ne parvenait à sauver personne. Elle assistait à la disparition de son peuple, de sa famille sans rien pouvoir faire. Elle perdait pied, s'éloignait de nous et d'elle-même. Elle était rongée de l'intérieur. Son visage se flétrissait, de lourdes poches cernaient ses yeux, des rides creusaient son front.

Les rideaux de la maison restaient tirés en permanence. Nous vivions à contre-jour. La radio résonnait bruyamment dans les grandes pièces sombres, diffusant des cris de détresse, des appels au secours, des souffrances insoutenables au milieu des résultats sportifs, des cours de la Bourse et de la petite agitation politique qui faisait tourner le monde.

Au Rwanda, cette chose qui n'était pas la guerre dura trois longs mois. Je ne me souviens plus de ce que nous avons fait durant cette période. Je ne me souviens ni de l'école, ni des copains, ni de notre quotidien. À la maison nous étions à nouveau tous les quatre, mais un immense trou noir nous a engloutis, nous et notre mémoire. D'avril à juillet 1994, nous avons vécu le génocide qui se perpétrait au Rwanda à distance, entre quatre murs, à côté d'un téléphone et d'un poste de radio.

Les premières nouvelles sont arrivées début juin. Pacifique a appelé chez Mamie. Il était vivant. Il n'avait de nouvelles de personne. Mais il savait que son armée, le FPR, allait s'emparer de Gitarama et qu'il pourrait être chez Jeanne dans la semaine. Cette information nous a redonné un peu d'espoir. Maman a réussi à retrouver quelques parents éloignés et de rares amis. Leurs récits étaient toujours terribles et leur survie de l'ordre du miracle.

Le FPR gagnait du terrain. Les Forces armées rwandaises et le gouvernement génocidaire étaient en déroute, ils avaient dû fuir la capitale. L'armée française avait lancé une vaste opération humanitaire appelée « Turquoise » pour stopper le génocide et sécuriser une partie du pays. Maman disait qu'il s'agissait d'un dernier coup bas de la France qui venait en aide à ses alliés hutus.

En juillet, le FPR est enfin arrivé à Kigali. Maman, Mamie et Rosalie sont parties immédiatement pour le Rwanda, à la recherche de tante Eusébie, ses enfants,

Jeanne, Pacifique, la famille, les amis. Elles retournaient dans leur pays après trente ans d'exil. Elles en avaient rêvé de ce retour, surtout la vieille Rosalie. Elle qui voulait finir ses jours sur la terre de ses ancêtres. Mais le Rwanda du lait et du miel avait disparu. C'était désormais un charnier à ciel ouvert.

23

L'année scolaire touchait à sa fin. À Bujumbura, les premiers départs liés à la situation politique du pays commençaient. Le père des jumeaux avait décidé de rentrer en France, définitivement. La nouvelle était tombée comme un couperet, du jour au lendemain. On s'était dit au revoir devant le portail de leur maison. Trop vite. Leur voiture avait quitté l'impasse dans un nuage de poussière. Alors Francis a eu l'idée de prendre un taxi jusqu'à l'aéroport pour leur dire un dernier au revoir. On est arrivés juste avant qu'ils n'embarquent. On s'est embrassés. Je leur ai fait promettre de m'écrire. Ils ont juré : « Au nom de Dieu ! »

Ils ont laissé un vide derrière eux, les jumeaux. Les premiers temps, quand nous nous retrouvions dans le Combi Volkswagen, sur le terrain vague, nous sentions qu'il manquait des rires aux blagues d'Armand et des histoires dans nos après-midi. Leur départ offrait surtout plus de place à Francis. Parler, c'est tout ce que l'on savait faire, dorénavant. On restait assis de longues heures sur la banquette du Combi, à écouter une vieille cassette de Peter Tosh, à fumer des cigarettes bon marché et téter au goulot des bières et des Fanta que Francis nous achetait au kiosque. Quand je proposais une partie de pêche, un tour dans la rivière ou une cueillette de mangues, les copains m'envoyaient balader, c'était devenu des jeux d'enfants, on avait passé l'âge.

– Faut trouver un vrai nom de bande, a dit Gino.

– Mais on en a déjà un ! Les Kinanira Boyz.

Gino et Francis ont ricané bêtement.

– Fait pitié ce nom !

– Je te rappelle que c'est toi qui l'as trouvé, Gino, j'ai dit, vexé.

– De toute façon, faut plus dire bande. On parle de gang, maintenant, a dit Francis. Buja, c'est la ville des gangs, comme Los Angeles ou New York. Il y en a un par quartier. À Bwiza, ce sont les « Sans Défaite », à Ngagara les « Sans Échec », à Buyenzi les « Six Garages »...

– Ouais, ouais, y a aussi les « Chicago Bulls » et les « Sans Capote », a dit Gino, comme s'il se mettait à rapper.

– Nous, on sera le gang de Kinanira, a dit Francis en tirant une bouffée. Laissez-moi vous expliquer comment ça fonctionne. Les gangs sont armés, structurés, avec une hiérarchie. Ils tiennent les barrages pendant les villes mortes. Tout le monde les respecte. Même les militaires les laissent tranquilles.

– Mais on va quand même pas participer aux villes mortes, les gars ? a demandé Armand.

– Faut protéger le quartier, a répondu Gino.

– Avec mon père, si je sors dehors un jour de ville morte, y a pas que la ville qui sera morte, mon pote, a souri Armand.

– T'inquiète, on va pas tenir des barrages tout de suite, a dit Francis, qui commençait à se prendre pour notre chef. Je veux simplement qu'on soit en bons termes avec les « Sans Défaite » qui bloquent le pont de la Muha. Faut leur montrer qu'on est avec eux, leur filer un coup de main de temps en temps, comme ça on pourra continuer de circuler dans le quartier sans problème et ils nous protégeront si nécessaire.

– Moi, je veux rien avoir à faire avec tous ces assassins, ai-je dit. La seule chose qu'ils savent faire, c'est tuer des pauvres boys qui rentrent du travail.

– Ils tuent des Hutu, Gaby, et les Hutu nous tuent ! a répondu Gino. Œil pour œil, dent pour dent, tu connais ? C'est même écrit dans la Bible.

– La Bible ? Jamais entendu parler ! Je connais la chanson de ndombolo : « Œil pour œil, Cent pour cent ! Cent pour cent ! Oh ! Oh ! Oh ! »

– Arrête, Armand ! j'ai dit, agacé. Y a rien de drôle.

– Tu as vu ce qu'ils ont fait à nos familles, au Rwanda, Gaby ? a repris Gino. Si on ne se protège pas, c'est eux qui vont nous tuer, comme ils ont tué ma mère.

Francis envoyait des ronds de fumée au-dessus de nos têtes. Armand a cessé de faire le pitre. J'aurais voulu dire à Gino qu'il se trompait, qu'il généralisait, que si on se vengeait chaque fois, la guerre serait sans fin, mais j'étais perturbé par ce qu'il venait de révéler sur sa mère. Je me disais que son chagrin était plus fort que sa raison. La souffrance est un joker dans le jeu de la discussion, elle couche tous les autres arguments sur son passage. En un sens, elle est injuste.

– Gino a raison. Dans la guerre, personne ne peut être neutre ! a dit Francis avec un air de monsieur-je-sais-tout qui m'irritait au plus haut point.

– Tu peux parler, toi, t'es zaïrois, a dit Armand en pouffant de rire.

– Ouais, je suis zaïrois, mais zaïrois tutsi.

– Tiens voilà autre chose !

– On nous appelle les Banyamulenge.

– Ça non plus, jamais entendu parler, a dit Armand.

– Et si on ne veut pas choisir de camp ? j'ai demandé.

– On n'a pas le choix, on a tous un camp, a dit Gino, avec un sourire hostile.

Ces discussions m'ennuyaient, cette violence qui fascinait Francis et Gino. J'ai décidé de me rendre moins souvent à la planque. J'ai même commencé à éviter les copains et leur délire guerrier. J'avais besoin de respirer, de me changer les idées. Pour la première fois de ma vie, je me sentais à l'étroit dans l'impasse, cet espace confiné où mes préoccupations tournaient en rond.

Un après-midi, j'ai croisé par hasard Mme Economopoulos devant sa haie de bougainvilliers. On a échangé quelques mots sur la saison des pluies et le beau temps, puis elle m'a invité à entrer dans sa maison pour m'offrir un verre de jus de barbadine. Dans son grand salon, mon regard a tout de suite été attiré par la bibliothèque lambrissée qui couvrait entièrement un des murs de la pièce. Je n'avais jamais vu autant de livres en un seul lieu. Du sol au plafond.

– Vous avez lu tous ces livres ? j'ai demandé.

– Oui. Certains plusieurs fois, même. Ce sont les grands amours de ma vie. Ils me font rire, pleurer, douter, réfléchir. Ils me permettent de m'échapper. Ils m'ont changée, ont fait de moi une autre personne.

– Un livre peut nous changer ?

– Bien sûr, un livre peut te changer ! Et même changer ta vie. Comme un coup de foudre. Et on ne peut pas savoir quand la rencontre aura lieu. Il faut se méfier des livres, ce sont des génies endormis.

Mes doigts couraient sur les rayonnages, caressaient les couvertures, leur texture si différente les unes des autres. J'énonçais en silence les titres que je lisais. Mme Economopoulos m'observait sans rien dire, mais alors que je m'attardais particulièrement sur un livre, intrigué par le titre, elle m'a encouragé.

– Prends-le, je suis sûre qu'il te plaira.

Ce soir-là, avant d'aller au lit, j'ai emprunté une lampe torche dans un des tiroirs du secrétaire de Papa. Sous les draps, j'ai commencé à lire le roman, l'histoire d'un vieux pêcheur, d'un petit garçon, d'un gros poisson, d'une bande de requins... Au fil de la lecture, mon lit se transformait en bateau, j'entendais le clapotis des vagues taper contre le bord du matelas, je sentais l'air du large et le vent pousser la voile de mes draps.

Le lendemain, j'ai rapporté le livre à Mme Economopoulos.

– Tu l'as déjà terminé ? Bravo, Gabriel ! Je vais t'en prêter un autre.

La nuit d'après, j'entendais le bruit des fers qui se croisent, le galop des chevaux, le froissement des capes de chevaliers, le froufrou de la robe en dentelle d'une princesse.

Un autre jour, j'étais dans une pièce exiguë, caché avec une adolescente et sa famille, dans une ville en guerre et en ruines. Elle me laissait lire par-dessus son épaule les pensées qu'elle couchait dans son journal intime. Elle parlait de ses peurs, de ses rêves, de ses amours, de sa vie d'avant. J'avais l'impression que c'était moi dont il était question, que j'aurais pu écrire ces lignes.

Chaque fois que je lui rapportais un livre, Mme Economopoulos voulait savoir ce que j'en avais pensé. Je me demandais ce que cela pouvait bien lui faire. Au début, je lui racontais brièvement l'histoire, quelques actions significatives, le nom des lieux et des protagonistes. Je voyais qu'elle était contente et j'avais surtout envie qu'elle me prête à nouveau un livre pour filer dans ma chambre le dévorer.

Et puis, j'ai commencé à lui dire ce que je ressentais, les questions que je me posais, mon avis sur l'auteur ou les personnages. Ainsi je continuais à savourer mon livre, je prolongeais l'histoire. J'ai pris l'habitude de lui rendre visite tous les après-midi. Grâce à mes lectures, j'avais aboli les limites de l'impasse, je respirais à nouveau, le monde s'étendait plus loin, au-delà des clôtures qui nous recroquevillaient sur nous-mêmes et sur nos peurs. Je n'allais plus à la planque, je n'avais plus envie de voir les copains, de les écouter parler de la guerre, des villes mortes, des Hutu et des Tutsi. Avec Mme Economopoulos, nous nous asseyions dans son jardin sous un jacaranda mimosa. Sur sa table en fer forgé, elle servait du thé et des biscuits chauds. Nous discutions pendant des heures des livres qu'elle mettait entre mes mains. Je découvrais que je pouvais parler d'une infinité de choses tapies au fond de moi et que j'ignorais. Dans ce havre de verdure, j'apprenais à identifier mes goûts, mes envies, ma manière de voir et de ressentir l'univers. Mme Economopoulos me donnait confiance en moi, ne me jugeait jamais, avait le don de m'écouter et de me rassurer. Après avoir bien discuté, lorsque l'après-midi s'évanouissait dans la lumière du couchant, nous flânions dans son jardin comme de drôles d'amoureux. J'avais l'impression d'avancer sous la voûte d'une église, le chant des oiseaux était un chuchotis de prières. Nous nous arrêtions devant ses orchidées sauvages, nous faufilions parmi les haies d'hibiscus et les pousses de ficus. Ses parterres de fleurs étaient des festins somptueux pour les souimangas et les abeilles du quartier. Je ramassais des feuilles séchées au pied des arbres pour en faire des marque-pages. Nous marchions lentement, presque au ralenti, en traînant nos pieds dans l'herbe grasse, comme pour retenir le temps, pendant que l'impasse, peu à peu, se couvrait de nuit.

24

Maman est revenue du Rwanda le jour de la rentrée des classes. C'était au lendemain d'une journée « ville morte ». Le chemin de l'école était parsemé de carcasses de voitures calcinées, de blocs de pierres sur la chaussée, de pneus fondus ou encore fumants. Lorsqu'un corps se trouvait sur le bas-côté de la route, Papa nous ordonnait de détourner le regard.

Le directeur de l'école, accompagné de gendarmes de l'ambassade de France, nous a réunis sous le grand préau pour nous exposer les nouvelles consignes de sécurité. Les massifs de bougainvilliers entourant l'école avaient été remplacés par un haut mur en brique permettant de nous protéger des balles perdues qui venaient parfois se loger dans les salles de classe.

Une profonde anxiété s'était abattue sur la ville. Les adultes avaient le sentiment de l'imminence de nouveaux périls. Ils craignaient que la situation ne dégénère comme au Rwanda. Alors on se barricadait toujours un peu plus, et cette saison de violence avait pour conséquence de faire pousser grillages, vigiles, alarmes, barrières, portiques, barbelés. Tout un attirail rassurant nous persuadait que l'on pouvait écarter la violence, la tenir à distance. On vivait dans cette atmosphère étrange, ni paix ni guerre. Les valeurs auxquelles nous étions habitués n'avaient plus cours. L'insécurité était devenue une sensation aussi banale que la faim, la soif ou la chaleur. La fureur et le sang côtoyaient nos gestes quotidiens.

Un jour, à l'heure de pointe, j'avais assisté au lynchage d'un homme devant la Poste centrale. Papa était dans la voiture. Il m'avait envoyé récupérer le courrier dans notre boîte aux lettres. Je croisais les doigts pour avoir des nouvelles de Laure. Trois jeunes gens qui passaient devant moi ont subitement attaqué un homme, sans raison apparente. À coups de pierres. À l'angle de la rue, deux policiers regardaient la scène sans bouger. Les passants se sont arrêtés un instant, comme pour profiter d'une animation gratuite. Un des trois agresseurs est allé chercher la grosse pierre sous le frangipanier, celle sur laquelle les vendeurs de cigarettes et chewing-gums avaient l'habitude de s'asseoir. L'homme était en train d'essayer de se relever quand le gros caillou lui a fracassé la tête. Il s'est écroulé de tout son long sur le bitume. Sa poitrine s'est soulevée trois fois sous sa chemise. Rapidement. Il cherchait de l'air. Et puis plus rien. Les agresseurs sont repartis, aussi tranquillement qu'ils étaient arrivés, et les passants ont repris leur route en évitant le cadavre comme on contourne un cône de signalisation. La ville entière remuait, poursuivait ses activités, ses emplettes, son train-train. La circulation était dense, les minibus klaxonnaient, les petits vendeurs proposaient des sachets d'eau et de cacahuètes, les amoureux espéraient trouver des lettres d'amour dans leur boîte postale, un enfant achetait des roses blanches pour sa mère malade, une femme négociait des boîtes de concentré de tomates, un adolescent sortait de chez le coiffeur avec une coupe à la mode, et, depuis quelque temps, des hommes en assassinaient d'autres en toute impunité, sous le même soleil de midi qu'autrefois.

Nous étions à table, quand on a vu la voiture de Jacques entrer dans la parcelle. Maman est descendue de la Range Rover. Cela faisait deux mois que nous n'avions plus de ses nouvelles. Elle était méconnaissable. Elle avait maigri. Un pagne était grossièrement noué autour de sa taille, elle flottait dans une chemise brunâtre et ses pieds nus étaient couverts de crasse. Elle n'était plus la jeune citadine élégante et raffinée que nous connaissions, elle ressemblait à une paysanne crottée revenant de son champ de haricots. Ana s'est élancée en bas des marches, a sauté dans ses bras. Maman était si vacillante qu'elle a bien failli tomber à la renverse.

J'ai vu ses traits tirés, ses yeux jaunes et cernés, sa peau flétrie. Le col de sa chemise ouverte laissait apparaître des plaques de boutons sur son corps. Elle était devenue vieille.

– J'ai trouvé Yvonne dans Bukavu, a dit Jacques. J'étais en route pour Buja et je suis tombé par hasard sur elle, à la sortie de la ville.

Jacques n'osait pas la regarder. Comme si elle le répugnait. Il parlait pour évacuer sa gêne tout en se servant des rasades de whisky. La chaleur faisait apparaître de grosses gouttes de sueur sur son front. Il s'épongeait le visage avec un épais mouchoir en tissu.

– En temps normal, Bukavu est déjà un beau bordel, mais là tu n'en croirais pas tes yeux, Michel, c'est au-delà de l'impensable. Un dépotoir d'humains. Des étals de misère à chaque centimètre carré. Cent mille réfugiés dans les rues ! C'est l'asphyxie totale. Plus un bout de trottoir disponible. Et l'exode continue, ça nous arrive tous les jours par milliers. Une vraie hémorragie. Le Rwanda nous dégouline dessus, deux millions de femmes, d'enfants, de vieillards, de chèvres, d'interahamwe, d'officiers de l'ancienne armée, de ministres, de banquiers, de prêtres, d'estropiés, d'innocents, de coupables, j'en passe et des meilleurs... Tout ce que l'humanité peut porter de petites gens et de grands salauds. Ils ont laissé derrière eux des chiens charognards, des vaches amputées et un million de morts à flanc de colline pour venir chez nous se servir en famine et choléra. C'est à se demander comment le Kivu va se relever de ce foutu merdier !

Prothé servait Maman en purée de pommes de terre et en viande de bœuf, quand Ana a posé la question qui nous préoccupait tous :

– As-tu retrouvé tantine Eusébie et les cousins ?

Maman a fait non de la tête. Nous étions suspendus à ses lèvres. Elle n'a rien dit. J'ai voulu poser la même question pour Pacifique, mais Papa m'a fait un signe de la main pour que j'attende un peu. Maman mastiquait lentement sa nourriture, comme un vieillard malade. Avec des gestes fatigués, elle prenait son verre d'eau, avalait des petites gorgées. Elle malaxait de la mie de pain, faisait des boulettes qu'elle plaçait méthodiquement devant son assiette. Elle ne nous regardait pas, elle était absorbée par la nourriture. Quand elle a roté bruyamment, on s'est tous arrêtés pour la fixer, même Prothé qui commençait à débarrasser la table. Comme si de rien n'était, elle a repris une gorgée d'eau puis ingurgité un bout de pain. Cette tenue, cette attitude, ce ne pouvait pas être elle... Papa voulait établir un contact mais ne savait pas comment s'y prendre pour ne pas la brusquer. Il n'a pas eu besoin de le faire. Maman s'est mise à parler d'elle-même, avec une voix calme et lente, comme quand elle me racontait des légendes pour m'endormir, quand j'étais petit :

– Je suis arrivée à Kigali le 5 juillet. La ville venait d'être libérée par le FPR. Le long de la route, une file interminable de cadavres jonchait le sol. On entendait des tirs sporadiques. Les militaires du FPR tuaient des hordes de chiens qui se nourrissaient de chair humaine depuis trois mois. Des survivants aux regards hébétés erraient dans les rues. Je suis arrivée devant le portail de tante Eusébie. Il était ouvert. Quand je suis entrée dans la parcelle, j'ai voulu rebrousser chemin, à cause de l'odeur. J'ai tout de même trouvé le courage de continuer. Dans le salon, il y avait trois enfants par terre. J'ai retrouvé le quatrième corps, celui de Christian, dans le couloir. Je l'ai reconnu car il portait un maillot de l'équipe de foot du Cameroun. J'ai cherché tante Eusébie partout. Aucune trace. Dans le quartier, personne ne pouvait m'aider. J'étais seule. J'ai dû enterrer moi-même les enfants dans le jardin. Je suis restée une semaine dans la maison. Je me disais que tante

Eusébie finirait par rentrer. Ne la voyant toujours pas revenir, j'ai décidé de partir à la recherche de Pacifique. Je savais que son premier réflexe serait d'aller à Gitarama pour retrouver Jeanne. Quand je suis arrivée chez elle, la maison avait été pillée mais pas de trace de Jeanne et de sa famille. Le lendemain, un soldat du FPR m'a appris que Pacifique était à la prison. Je m'y suis rendue, mais on ne m'a pas laissée le voir. Je suis revenue trois jours durant. Au matin du quatrième, un des gardiens m'a emmenée derrière la prison, sur un terrain de football, à la lisière d'une bananeraie. Des soldats du FPR surveillaient le lieu. Pacifique était là, étalé dans l'herbe. Il venait d'être fusillé. Le gardien m'a raconté qu'en arrivant à Gitarama, Pacifique avait découvert toute sa belle-famille et sa femme assassinées dans la cour de leur maison. Des voisins tutsis qui avaient échappé au massacre accusaient un groupe de Hutu, toujours en ville, d'avoir commis ce crime. Pacifique les a retrouvés sur la place centrale. Le chapeau du père de Jeanne était sur la tête d'un des hommes. Une femme du groupe portait la robe à fleurs que Pacifique avait offerte à Jeanne pour leurs fiançailles. Mon frère s'est senti devenir fou. Il a vidé le chargeur de son arme sur les quatre personnes. Il est aussitôt passé en cour martiale et a été condamné à mort. Quand j'ai retrouvé Mamie et Rosalie à Butare, je leur ai menti. J'ai dit qu'il était tombé au combat, pour le pays, pour nous, pour notre retour. Elles n'auraient pas accepté l'idée qu'il ait été tué par les siens. Une connaissance qui revenait du Zaïre nous a dit qu'elle avait cru reconnaître tante Eusébie dans un camp, vers Bukavu. Alors j'ai repris la route et je l'ai cherchée pendant un mois. J'ai marché, toujours plus loin. J'ai erré dans les camps de réfugiés. J'ai bien failli me faire tuer des dizaines de fois quand on devinait que j'étais tutsie. Par je ne sais quel miracle, Jacques m'a reconnue sur le bord de la route, j'avais perdu tout espoir de retrouver tante Eusébie.

Maman s'est tue. Papa avait les yeux fermés, la tête renversée en arrière et Ana sanglotait dans ses bras. Jacques s'est resservi un grand verre de whisky. Il a maugréé : « L'Afrique, quel gâchis ! »

J'ai couru m'enfermer dans ma chambre.

25

À force de marcher sans chaussures dans l'impasse, j'avais attrapé une puce chique sous la plante des pieds. Prothé a apporté un petit tabouret sur lequel il a posé mon talon pendant que Donatien brûlait le bout d'une aiguille avec un briquet :

– Tu ne vas pas pleurer, Gaby ? a dit Donatien.

– Non, Monsieur Gabriel est un homme, maintenant ! a dit Prothé, en se moquant gentiment de moi.

– Doucement, Donatien ! j'ai crié en le voyant s'approcher avec l'aiguille rougeoyante.

Il a retiré la larve du premier coup. La douleur était vive mais supportable.

– Regarde-moi la taille de cette bestiole ! Je te passe un peu de désinfectant et après tu me promets de ne plus marcher pieds nus. Même pas dans la maison !

Donatien a tamponné mon pied avec un antiseptique et Prothé s'est assuré que je n'avais pas d'autres chiques. Je regardais ces deux hommes s'occuper de moi avec la tendresse d'une mère. La guerre ravageait leur quartier, mais ils venaient presque tous les jours au travail et ne laissaient jamais transparaître leurs peurs ou leurs angoisses.

– C'est vrai que l'armée a tué des gens chez vous, à Kamenge ? j'ai demandé.

Donatien a reposé mon pied sur le tabouret, avec délicatesse. Prothé est venu s'asseoir à côté de lui, il a croisé les bras et a observé des milans noir tournoyer dans le ciel. Donatien s'est mis à parler d'une voix lasse.

– Oui, c'est comme ça que ça se passe. Kamenge est le foyer de toute la violence de cette ville. Chaque nuit, nous dormons sur des tisons ardents et nous voyons les flammes s'élever au-dessus du pays, des flammes si hautes qu'elles dissimulent les étoiles que nous aimions admirer. Et quand vient le matin, on s'étonne d'être encore là, d'entendre le coq chanter, de voir la lumière sur les collines. Je n'étais pas tout à fait un homme quand j'ai quitté le Zaïre de mes parents pour fuir notre misérable village. J'avais trouvé mon coin de bonheur à Bujumbura, cette ville était devenue mienne. J'ai vécu mes plus belles années à Kamenge, sans m'en rendre compte, car sans cesse je pensais au jour d'après, espérant que demain serait mieux qu'hier. Le bonheur ne se voit que dans le rétroviseur. Le jour d'après ? Regarde-le. Il est là. À massacrer les espoirs, à rendre l'horizon vain, à froisser les rêves. J'ai prié pour nous, Gaby, j'ai prié autant de fois que j'ai pu. Plus je priais et plus Dieu nous abandonnait, et plus j'avais foi en sa force. Dieu nous fait traverser les épreuves pour qu'on lui prouve qu'on ne doute pas de lui. Il semble nous dire que le grand amour est fait de confiance. On ne doit pas douter de la beauté des choses, même sous un ciel tortionnaire. Si tu n'es pas étonné par le chant du coq ou par la lumière au-dessus des crêtes, si tu ne crois pas en la bonté de ton âme, alors tu ne te bats plus, et c'est comme si tu étais déjà mort.

– Demain, le soleil se lèvera et on essaiera encore, a dit Prothé, pour conclure.

Nous étions tous les trois silencieux, perdus dans nos pensées sombres, quand Gino est arrivé.

– Gaby, ramène-toi ! Faut que je te montre un truc.

Il était fébrile. Il m'a tiré de mon tabouret et s'est mis à courir devant moi. Je l'ai suivi, clopin-clopant, sans poser de question. J'ai remonté l'impasse aussi vite que je pouvais et suis arrivé chez lui complètement essoufflé. Francis et Armand étaient assis sur la table de la cuisine. Gino est allé vers le réfrigérateur. Dans le salon, on entendait le cliquetis de la machine à écrire de son père.

– Allez-y, maintenant, ouvrez le congélateur, a dit Gino en nous regardant, Armand et moi.

Francis était de mèche, ça se voyait, il regardait Gino d'un air complice qui me faisait craindre le pire. Armand a tiré sur la poignée du congélateur. Je n'ai pas tout de suite compris ce que c'était. J'ai pris l'un des deux objets dans ma main.

– Merde ! Une grenade !

Je l'ai immédiatement reposée, j'ai refermé la porte et me suis reculé au fond de la pièce.

– Devinez à combien on a eu les deux grenades ? a dit Gino, excité, avant de poursuivre sans même attendre notre réponse. Cinq mille ! Francis connaissait le type des « Sans Défaite ». Il lui a expliqué que nous aussi on s'occupait de notre quartier et il nous a fait un prix. Normalement, c'est deux fois plus cher.

– Mais putain, Gino, t'as des foutues grenades dans ton frigo ! a dit Armand. T'es devenu complètement dingue ma parole.

– C'est quoi ton problème ? a demandé Francis en l'attrapant par le col.

– Bande de tarés ! a répété Armand, paniqué. Vous avez acheté des grenades pour les mettre à côté d'un filet de bœuf congelé et tu me demandes si moi, j'ai un problème ?

– Ferme ta gueule, Armand, mon père pourrait nous entendre. Allons à la planque.

Gino a sorti les grenades du congélateur, les a enfouies dans un sac plastique et on a filé au Combi Volkswagen. Une fois dans l'épave, Francis a sorti les deux explosifs pour les cacher dans le rangement, sous la banquette arrière. En soulevant le siège, j'ai vu un télescope.

– Qu'est-ce que ça fait là, ce truc ? j'ai demandé à Francis.

– J'ai un acheteur. Avec l'argent, on pourra économiser pour s'acheter une kalachnikov. On en trouve d'occasion au marché de Jabe.

– Une kalachnikov ? a dit Armand. Et pourquoi pas une bombe atomique iranienne ?

– Je connais ce télescope, c'est celui de Mme Economopoulos. Tu lui as piqué ?

– Fais pas chier, Gaby, a dit Francis. On s'en fout de cette vieille peau. Elle a même pas dû s'en rendre compte, avec tous les bibelots qu'elle entasse dans sa baraque.

– Faut lui rendre tout de suite ! ai-je dit. C'est une amie, je ne veux pas qu'on la vole.

– Épargne-nous tes états d'âme, a dit Gino. Tu lui volais bien des mangues dans son jardin pour les lui revendre. Toi aussi tu l'as bien roulée, la Grecque.

– C'était avant ! Et puis les mangues c'est pas pareil...

J'ai voulu prendre le télescope, mais Gino m'a poussé en arrière. Quand je suis revenu à la charge, Francis m'a saisi par-derrière et m'a fait une clé de bras.

– Lâche-moi ! Je ne veux plus traîner avec vous, de toute façon. Qu'est-ce qui te prend Gino ? Je ne te reconnais plus. Tu te rends compte de ce que tu fais ? De ce que tu deviens ?

Ma voix tremblait, je pleurais de rage. Gino a répondu, agacé :

– Gaby, c'est la guerre. On protège notre impasse. Si on ne le fait pas, ils nous tueront. Quand est-ce que tu vas comprendre ? Dans quel monde vis-tu ?

– Mais on n'est qu'une bande d'enfants. Personne ne nous demande de nous battre, de voler, d'avoir des ennemis.

– Nos ennemis sont déjà là. Ce sont les Hutu et eux n'hésitent pas à tuer des enfants, cette bande de sauvages. Regarde ce qu'ils ont fait à tes cousins, au Rwanda. Nous ne sommes pas en sécurité. Il faut apprendre à nous défendre et à riposter. Que feras-tu quand ils rentreront dans l'impasse ? Tu leur offriras des mangues ?

– Je ne suis ni hutu ni tutsi, ai-je répondu. Ce ne sont pas mes histoires. Vous êtes mes amis parce que je vous aime et pas parce que vous êtes de telle ou telle ethnie. Ça, je n'en ai rien à faire !

Alors qu'on se chamaillait, on entendait au loin, dans les collines, des tirs de blindés AMX-10. Avec le temps, j'avais appris à reconnaître leurs notes sur la portée musicale de la guerre qui nous entourait. Certains soirs, le bruit des armes se confondait avec le chant des oiseaux ou l'appel du muezzin, et il m'arrivait de trouver beau cet étrange univers sonore, oubliant complètement qui j'étais.

26

Depuis son retour, Maman vivait à la maison. Elle dormait dans notre chambre, sur un matelas au pied de mon lit, et passait ses journées sur la barza, le regard dans le vague. Elle ne voulait voir personne et n'avait pas la force de reprendre le travail. Papa disait qu'elle avait besoin de temps pour se remettre de tout ce qu'elle avait traversé.

Le matin, elle se levait tard. Dans la salle de bains, on entendait l'eau couler pendant des heures. Ensuite, elle rejoignait le canapé de la terrasse, puis restait assise, immobile, à fixer un nid de guêpes maçonnes au plafond. Si quelqu'un passait par là, elle lui réclamait une bière. Elle refusait de prendre ses repas avec nous. Ana lui préparait une assiette qu'elle déposait sur un tabouret devant elle. Elle ne mangeait pas, elle picorait. Quand la nuit tombait, elle restait seule sur la terrasse, dans le noir. Elle venait se coucher tard alors que nous dormions tous depuis longtemps. J'ai fini par accepter son état, par ne plus chercher en elle la mère que j'avais eue. Le génocide est une marée noire, ceux qui ne s'y sont pas noyés sont mazoutés à vie.

Parfois, quand je revenais de chez Mme Economopoulos avec ma pile de livres sous le bras, je m'installais à son côté pour lui faire la lecture. J'essayais de trouver des histoires ni trop joyeuses, qui auraient pu lui rappeler la belle vie que nous avions perdue, ni trop tristes, pour ne pas remuer son chagrin, ce marécage d'immondices qui stagnait au fond d'elle. Quand je refermais mon livre, elle me jetait un regard absent. J'étais devenu un étranger. Alors je fuyais la terrasse, terrifié par ce vide au fond de ses yeux.

Un soir, en revenant dans notre chambre, tard dans la nuit, elle m'a réveillé en se cognant le pied contre une chaise. J'ai vu son ombre tituber dans l'obscurité. Elle cherchait du côté d'Ana en tâtonnant. Au bord du lit, elle s'est penchée sur ma sœur en chuchotant :

– Ana ?

– Oui, Maman.

– Tu dors, ma chérie ?

– Oui, je dormais...

Maman avait la voix pâteuse d'une ivrogne.

– Je t'aime mon bébé, tu le sais ?

– Oui, Maman. Je t'aime aussi.

– J'ai pensé à toi, quand j'étais là-bas. J'ai beaucoup pensé à toi, petit cœur.

– Moi aussi Maman, j'ai pensé à toi.

– Et tes cousines, tu y as pensé ? Les gentilles cousines avec qui tu t'amusais.

– Oui, j'y ai pensé.

– C'est bien, c'est bien...

Puis, après un court silence :

– Tu te souviens de tes cousines ?

– Oui.

– Quand je suis arrivée dans la maison de tantine Eusébie, c'est elles que j'ai vues en premier. Allongées sur le sol du salon. Depuis trois mois. Tu sais à quoi ça ressemble, un corps, au bout de trois mois, mon bébé ?

– ...

– Ce n'est plus rien. Que de la pourriture. J'ai voulu les prendre, mais je n'y arrivais pas, elles me filaient entre les doigts. Je les ai ramassées. Bout par bout. Elles sont maintenant dans le jardin où vous aimiez jouer. En dessous de l'arbre, celui avec la balançoire. Tu t'en souviens ? Réponds-moi. Dis-moi que tu t'en souviens. Dis-le-moi.

– Oui, je m'en souviens.

– Mais dans la maison, il y avait toujours ces quatre taches sur le sol. Des grandes taches à l'endroit où ils étaient depuis trois mois. Avec de l'eau et une éponge, j'ai frotté, frotté, frotté. Mais les taches ne partaient pas. Il n'y avait pas assez d'eau. Je devais en trouver dans le quartier. Alors, j'ai cherché dans les maisons. Je n'aurais jamais dû entrer dans ces maisons. Il y a des choses que l'on ne devrait jamais voir dans une vie. Pour un peu d'eau, j'ai dû le faire. Quand j'arrivais enfin à remplir un seau, je revenais et je continuais de frotter. Je grattais le sol avec mes ongles, mais leur peau et leur sang avaient pénétré le ciment. J'avais leur odeur sur moi. Cette odeur qui ne me quittera plus. J'ai beau me laver, je suis sale, je sens leur mort, toujours. Et ces trois taches dans le salon, c'était Christelle, Christiane, Christine. Et cette tache dans le couloir, c'était Christian. Et leurs empreintes, je devais les enlever avant que tante Eusébie ne revienne. Parce que tu comprends, ma puce, une Maman ne peut pas voir le sang de ses enfants dans sa maison. Alors je frottais, je frottais ces taches qui ne partiront jamais. Elles sont restées dans le ciment, dans la pierre, elles sont... Je t'aime, mon amour...

Et Maman, penchée au-dessus d'Ana, continuait de raconter cette effroyable histoire dans un long chuchotement haletant. J'ai écrasé l'oreiller sur ma tête. Je ne voulais pas savoir. Je ne voulais rien entendre. Je voulais me lover dans un trou de souris, me réfugier dans une tanière, me protéger du monde au bout de mon impasse, me perdre parmi les beaux souvenirs, habiter de doux romans, vivre au fond des livres.

Le lendemain matin, les premiers rayons du soleil sont venus frapper contre les carreaux. Il n'était pas six heures et la chaleur était déjà terrible. Cela annonçait un gros orage dans la journée. J'ai ouvert les yeux, Maman respirait bruyamment, étendue sur le matelas d'Ana, les pieds en dehors du lit, vêtue de son pagne délavé et de sa chemise brunâtre. J'ai secoué ma sœur pour la réveiller. Elle était épuisée. On s'est péniblement préparés pour l'école. En silence. Je faisais comme si je n'avais rien entendu la nuit précédente. Maman dormait toujours quand Papa nous a conduits à l'école.

À mon retour, je l'ai trouvée sur la barza. Le regard tourné vers le nid de guêpes. Elle avait les yeux rouges et les cheveux défaits. Des bulles remontaient dans le verre de bière posé sur le tabouret en face d'elle. Je l'ai saluée sans attendre de réponse.

Nous avons dîné plus tôt qu'à l'ordinaire. Le ciel était menaçant. L'air saturé d'humidité. La chaleur insupportable. Papa et moi étions torse nu. Sur la table, à côté de mon potage, j'écrasais des moustiques gorgés de sang. On entendait les chauves-souris passer au-dessus de la maison. Elles quittaient les kapokiers du centre-ville pour une razzia de nuit sur les papayers bordant le lac Tanganyika. Ana dodelinait de la tête, dormait debout, épuisée par sa courte nuit. Derrière la porte vitrée du salon, dans le noir, j'apercevais la silhouette lugubre de Maman, immobile, sur le canapé de la terrasse.

– Gaby, va allumer le néon, dehors, a demandé Papa.

Les petites attentions qu'il avait parfois pour Maman me mettaient du baume au cœur. Il l'aimait toujours. J'ai appuyé sur l'interrupteur, la lumière a clignoté rapidement, puis le visage de Maman est apparu. Inexpressif.

L'orage a éclaté dans la nuit, une pluie diluvienne qui crépitait sur le toit de tôle. La route crevassée de l'impasse s'est transformée en une mare géante. L'eau engloutissait les rigoles et les caniveaux. L'éclair zébrait le ciel, illuminait notre chambre, dessinait la forme de Maman au-dessus du lit d'Ana. Elle l'avait réveillée pour lui raconter à nouveau son histoire de taches sur le sol. Sa voix était sinistre. Caverneuse. Les effluves d'alcool que dégageait son haleine traversaient la pièce, parvenaient jusqu'à moi. Lorsqu'Ana ne répondait pas à ses questions, Maman la secouait violemment avant de s'excuser en lui balbutiant des mots doux à l'oreille. Dehors, une armée de termites volants étaient sortis de terre et s'agitaient, hystériques, autour des néons blancs.

Nous vivons. Ils sont morts. Maman ne supportait pas cette idée. Elle était moins folle que le monde qui nous entourait. Je ne lui en voulais pas, mais j'avais peur pour Ana. Chaque nuit, désormais, Maman lui demandait de parcourir avec elle ses contrées de cauchemars. Je devais sauver Ana, nous sauver. Je voulais que Maman parte, qu'elle nous laisse en paix, qu'elle débarrasse nos esprits des horreurs qu'elle avait vécues pour nous permettre encore de rêver, d'espérer en la vie. Je ne comprenais pas pourquoi nous devions subir, nous aussi.

Je suis allé trouver Papa pour lui raconter. J'ai menti, exagéré la brutalité de Maman pour le faire réagir. Il était hors de lui, féroce, quand il est allé s'expliquer avec elle. La dispute a dégénéré. Maman a retrouvé une vigueur qu'on pensait disparue. Elle s'est transformée en furie, l'écume aux commissures des lèvres et les yeux exorbités. Elle délirait dans ses propos, nous insultait dans toutes les langues, accusait les Français d'être responsables du génocide. Elle s'est précipitée sur Ana, l'a saisie par les bras, s'est mise à la secouer comme un palmier.

– Tu n'aimes pas ta mère ! Tu préfères ces deux Français, les assassins de ta famille !

Papa a essayé d'arracher Ana des griffes de Maman. Ma sœur était terrorisée. Les ongles de Maman s'enfonçaient dans sa chair, déchiraient sa peau.

– Aide-moi, Gaby ! a crié Papa.

Je ne bougeais pas, pétrifié. Papa a écarté un à un les doigts de Maman. Quand il est parvenu à lui faire lâcher prise, elle s'est retournée, a saisi un cendrier sur la table basse et l'a jeté au visage d'Ana. Son arcade sourcilière s'est ouverte, le sang s'est mis à couler. Il y a eu un moment de flottement, tout s'est embrouillé. Puis Papa a porté Ana dans la voiture, foncé aux urgences. Je me suis échappé de mon côté, et suis parti me réfugier dans le Combi, attendant la nuit pour rentrer à la maison. À mon retour, Maman était partie, disparue. Papa et Jacques ont passé des jours à sillonner la ville pour la retrouver, à appeler sa famille, ses amis, les hôpitaux, les commissariats, les morgues. En vain. Je me sentais coupable d'avoir voulu qu'elle s'en aille. J'étais un lâche, doublé d'un égoïste. J'érigeais mon bonheur en forteresse et ma naïveté en chapelle. Je voulais que la vie me laisse intact alors que Maman, au péril de la sienne, était allée chercher ses proches aux portes de l'Enfer. Elle l'aurait aussi fait pour Ana et moi. Sans hésiter. Je le savais. Je l'aimais. Et maintenant qu'elle avait disparu avec ses blessures, elle nous laissait avec les nôtres.

27

Cher Christian,

Je t'ai attendu pour les vacances de Pâques. Ton lit était prêt, à côté du mien. Au-dessus, j'avais épinglé quelques images de footballeurs. J'avais fait de la place dans mon placard pour que tu puisses y mettre tes habits et ton ballon. J'étais prêt à t'accueillir.

Tu ne viendras pas.

Il y a beaucoup de choses que je n'ai pas eu le temps de te dire. Je me rends compte, par exemple, que je ne t'ai jamais parlé de Laure. C'est ma fiancée. Elle ne le sait pas encore. J'ai prévu de lui demander de m'épouser. Très bientôt. Une fois que la paix sera là. Avec Laure, on se parle par lettres. Des lettres envoyées par avion. Des cigognes de papier qui voyagent entre l'Afrique et l'Europe. C'est la première fois que je tombe amoureux d'une fille. C'est une drôle de sensation. Comme une fièvre dans le ventre. Je n'ose pas en parler aux copains, ils se moqueraient de moi. Ils diraient que j'aime un fantôme. Parce que je ne l'ai encore jamais vue, cette fille. Mais je n'ai pas besoin de la rencontrer pour savoir que je l'aime. Nos lettres me suffisent.

J'ai tardé à t'écrire. J'étais trop occupé ces temps-ci à rester un enfant. Les copains m'inquiètent. S'éloignent de moi chaque jour un peu plus. Se chamaillent pour des histoires d'adultes, s'inventent des ennemis et des raisons de se battre. Je comprends mieux pourquoi mon père nous interdisait, à Ana et à moi, de nous mêler de politique. Il a l'air fatigué, Papa. Je le trouve absent. Distant. Il s'est forgé une épaisse cuirasse de fer pour que la méchanceté ricoche sur lui. Alors qu'au fond, je le sais aussi tendre que la pulpe d'une goyave bien mûre.

Maman n'est jamais revenue de chez toi. Elle a laissé son âme dans ton jardin. Elle s'est fissuré le cœur. Elle est devenue folle, comme le monde qui t'a emporté.

J'ai tardé à t'écrire. J'écoutais un florilège de voix me dire tant de choses... Ma radio disait que l'équipe du Nigeria – celle que tu soutenais – a gagné la Coupe d'Afrique des nations. Mon arrière-grand-mère disait que les gens qu'on aime ne meurent pas tant qu'on continue de penser à eux. Mon père disait que le jour où les hommes arrêteront de se faire la guerre, il neigera sous les tropiques. Madame Economopoulos disait que les mots sont plus vrais que la réalité. Ma prof de biologie disait que la terre est ronde. Mes copains disaient qu'il fallait choisir son camp. Ma mère disait que tu dors pour longtemps, avec sur le dos le maillot de foot de ton équipe préférée.

Et toi, Christian, tu ne diras plus jamais rien.

Gaby

28

Allongée sur le carrelage de la terrasse, ses feutres et ses crayons de couleur éparpillés autour d'elle, Ana dessinait des villes en feu, des soldats en armes, des machettes ensanglantées, des drapeaux déchirés. Une odeur de crêpes emplissait l'air. Prothé cuisinait en écoutant la radio à tue-tête. Le chien dormait paisiblement à mes pieds. Il se réveillait de temps à autre, pour se mordiller frénétiquement la patte. Des mouches vertes tournaient autour de son museau. Assis à la place que Maman aimait occuper sur la terrasse, je lisais *L'Enfant et la rivière*, un livre prêté par Mme Economopoulos. J'ai entendu la chaîne en fer du portail se détacher. En me levant, j'ai aperçu les cinq hommes remonter l'allée. L'un d'eux avait une kalachnikov. C'est lui qui nous a demandé de sortir de la maison. Il donnait ses ordres du bout de son canon. Prothé a levé les bras en l'air, Ana et moi l'avons imité. Les hommes nous ont ordonné de nous mettre à genoux, les mains derrière la tête.

– Où est le patron ? a demandé l'homme à la kalachnikov.

– Il est en voyage dans le nord du pays, pour quelques jours, a dit Prothé.

Les hommes nous dévisageaient. Ils étaient jeunes. Certains m'étaient familiers. J'avais dû les croiser au kiosque.

– Toi, le Hutu, où est-ce que tu habites ? a continué l'homme en s'adressant à Prothé.

– Sur cette parcelle, depuis un mois, a dit Prothé. J'ai envoyé ma famille au Zaïre, à cause de l'insécurité. Je dors là.

Il a montré la petite baraque en tôle au fond du jardin.

– Nous ne voulons pas de Hutu dans le quartier, a dit l'homme à la kalachnikov. C'est compris ? On vous laisse travailler la journée, mais le soir vous rentrez chez vous.

– Je ne peux pas retourner dans mon quartier, chef, ma maison a été incendiée.

– Ne te plains pas. Tu as de la chance d'être encore en vie. Votre patron est un Français et, comme tous les Français, il préfère les Hutu. Mais ici, ce n'est pas le Rwanda, ils ne vont pas venir faire leur loi. C'est nous qui décidons.

Il s'est avancé vers Prothé et lui a enfoncé le canon de son arme dans la bouche.

– Alors à la fin de la semaine, soit tu quittes le quartier, soit on s'occupe de toi. Quant à vous deux, dites bien à votre père qu'on ne veut pas de vous, les Français, au Burundi. Vous nous avez tués au Rwanda.

Avant de retirer son arme de la bouche de Prothé, l'homme nous a craché dessus. Ensuite, il a fait un signe de tête au reste du groupe et ils ont quitté la parcelle.

Nous avons attendu longtemps avant de nous relever. Puis nous nous sommes assis sur les marches de la maison. Prothé ne disait rien. Son regard abattu était planté dans le sol. Ana s'est remise à dessiner, comme si rien ne s'était passé. Au bout d'un moment, elle a levé la tête vers moi :

– Gaby, pourquoi Maman nous a accusés d'avoir tué notre famille au Rwanda ?

Je n'avais pas de réponse à donner à ma petite sœur. Je n'avais pas d'explications sur la mort des uns et la haine des autres. La guerre, c'était peut-être ça, ne rien comprendre.

Parfois, je pensais à Laure, je voulais lui écrire, et je renonçais. Je ne savais pas quoi lui dire, tout paraissait si confus. J'attendais que les choses s'améliorent un peu, alors je pourrais tout lui raconter dans une longue lettre pour la faire sourire comme avant. Mais pour l'instant, le pays était un zombie qui marchait langue nue sur des cailloux pointus. On apprivoisait l'idée de mourir à tout instant. La mort n'était plus une chose lointaine et abstraite. Elle avait le visage banal du quotidien. Vivre avec cette lucidité terminait de saccager la part d'enfance en soi.

Les opérations ville morte se multipliaient dans Bujumbura. Du crépuscule jusqu'à l'aube, les explosions retentissaient dans le quartier. La nuit rougeoyait de lueurs d'incendies qui montaient en épaisse fumée au-dessus des collines. On était tellement habitués aux rafales et au crépitement des armes automatiques que l'on ne prenait même plus la peine de dormir dans le couloir. Allongé dans mon lit, je pouvais admirer le spectacle des balles traçantes dans le ciel. En d'autres temps, en d'autres lieux, j'aurais pensé voir des étoiles filantes.

Je trouvais le silence bien plus angoissant que le bruit des coups de feu. Le silence fomente des violences à l'arme blanche et des intrusions nocturnes qu'on ne sent pas venir à soi. La peur s'était blottie dans ma moelle épinière, elle n'en bougeait plus. Par moments, je tremblais comme un petit chien mouillé et grelottant de froid. Je restais calfeutré chez moi. Je n'osais plus m'aventurer dans l'impasse. Il m'arrivait parfois de traverser la rue, très rapidement, pour emprunter un nouveau livre à Mme Economopoulos. Puis je revenais aussitôt m'enfoncer dans le bunker de mon imaginaire. Dans mon lit, au fond de mes histoires, je cherchais d'autres réels plus supportables, et les livres, mes amis, repeignaient mes journées de lumière. Je me disais que la guerre finirait bien par passer, un jour, je lèverais les yeux de mes pages, je quitterais mon lit et ma chambre, et Maman serait de retour, dans sa belle robe fleurie, sa tête posée sur l'épaule de Papa, Ana dessinerait à nouveau des maisons en brique rouge avec des cheminées qui fument, des arbres fruitiers dans les jardins et de grands soleils brillants, et les copains viendraient me chercher pour descendre la rivière Muha comme autrefois sur un radeau en tronc de bananier, naviguer jusqu'aux eaux turquoise du lac et finir la journée sur la plage, à rire et jouer comme des enfants.

J'avais beau espérer, le réel s'obstinait à entraver mes rêves. Le monde et sa violence se rapprochaient chaque jour un peu plus. Notre impasse n'était plus le havre de paix que j'avais espéré depuis que les copains avaient décidé qu'il ne fallait pas rester neutre. Et même dans mon lit-bunker, les copains et tous les autres ont fini par me débusquer.

29

La ville était morte. Les gangs bloquaient les grands axes. La haine était de sortie. Une nouvelle journée noire commençait à Bujumbura. Une de plus. Chacun était sommé de rester chez lui. Reclus. La rumeur disait que la colère était encore montée d'un cran chez les jeunes Tutsi des gangs qui quadrillaient la ville car, la veille, des rebelles hutus avaient brûlé vifs des élèves tutsis dans une station-service, à l'intérieur du pays. Les gangs tutsis avaient décidé de se venger sur tous les Hutu qui oseraient s'aventurer dehors. Papa avait fait des provisions pour plusieurs jours. On se préparait à de longues journées d'attente. J'étais allé chercher mon stock de livres chez Mme Economopoulos et j'étais en train de me verser un grand verre de lait caillé, avant de m'enfouir dans mon lit pour dévorer mes histoires, quand j'ai entendu Gino gratter à la porte de la cuisine.

– Qu'est-ce que tu fais là ? J'ai chuchoté en ouvrant. C'est de la folie de sortir aujourd'hui.

– Arrête de flipper en permanence, Gaby ! Ramène-toi, il s'est passé quelque chose de grave.

Il n'a pas voulu m'en dire plus, alors j'ai enfilé mes chaussures en vitesse. Dans le salon, j'entendais les rires de Papa et Ana qui regardaient des dessins animés. Je me suis glissé dehors sans bruit et j'ai emboîté le pas à Gino qui fonçait comme une flèche. Nous avons pris un raccourci en escaladant la clôture et en coupant par le terrain de football du lycée international. Grâce à une ouverture dans le grillage, nous sommes entrés dans la parcelle de Gino et nous avons traversé son jardin. J'ai entendu l'éternel cliquetis de la machine Olivetti de son père. Nous avons sauté par-dessus le portail, et pris à droite vers le fond de l'impasse. Elle était déserte. On a remonté l'allée. Il n'y avait pas âme qui vive. On est passés devant le kiosque fermé. Puis le cabaret. On a tourné à gauche sur le terrain vague. La végétation avait poussé et, depuis la route, on ne voyait plus le Combi Volkswagen.

Avant d'ouvrir la porte de la planque, j'ai eu comme un mauvais pressentiment, quelque chose me disait de rentrer à la maison, de retourner dans mes livres. Gino ne m'a pas laissé le temps de réfléchir, il a fait coulisser la porte.

Armand était prostré sur le siège poussiéreux du Combi, les vêtements couverts de sang. Des pleurs secouaient violemment sa poitrine. Entre deux spasmes, il poussait un râle aigu. Sourcils froncés, Gino grinçait des dents et de petits soubresauts de colère remuaient ses narines. « Son père est tombé dans une embuscade, hier soir, dans l'impasse. Armand vient de rentrer de l'hôpital. Il a succombé à ses blessures. C'est fini. »

Mes jambes se sont dérobées, je me suis rattrapé comme j'ai pu à l'appui-tête du siège passager. Ma tête tournait.

Gino, l'air mauvais, est sorti du Combi et est allé s'asseoir dehors, sur un vieux pneu dans lequel stagnait une eau croupie. Il a caché son visage dans ses mains. Étourdi, j'observais Armand, sanglotant, ses habits maculés du sang de son père. Ce père qu'il craignait autant qu'il le vénérait. Des gens étaient venus l'assassiner dans notre impasse. Dans notre havre de paix. Le peu d'espoir qui me restait venait de s'envoler. Ce pays était un piège mortel. Je me sentais comme un animal affolé au milieu d'un grand feu de brousse. Le dernier verrou avait sauté. La guerre venait de faire irruption chez nous.

– Qui a fait ça?

Armand m'a lancé un regard hostile.

– Des Hutu, bien sûr! Qui veux-tu que ce soit? Ils avaient préparé leur coup. Ils l'attendaient depuis plusieurs heures devant notre portail, avec un panier de légumes. Ils se sont fait passer pour des maraîchers de Bugarama. Ils l'ont poignardé devant la maison, avant de repartir tranquillement, en plaisantant. J'étais là, j'ai tout vu.

Armand s'est remis à sangloter. Gino s'est levé et a balancé des grands coups de poing contre la carrosserie du véhicule. Hors de lui, il a saisi une barre de fer et a pulvérisé le pare-brise et les rétroviseurs du Combi. Je le regardais faire. Hagard.

Francis est arrivé, la mine sombre. Il portait un bandana à la manière de Tupac Shakur. Il a dit:

– Ramenez-vous, ils nous attendent.

Gino et Armand l'ont suivi sans rien dire.

– Où va-t-on? j'ai demandé.

– On va protéger notre quartier, Gaby, a répondu Armand en essuyant sa morve avec le revers de sa main.

En temps normal, j'aurais rebroussé chemin. Mais la guerre était maintenant chez nous, elle nous menaçait directement. Nous et nos familles. Avec le meurtre du père d'Armand, je n'avais plus le choix. Gino et Francis m'avaient suffisamment reproché de vouloir croire que ces problèmes ne me concernaient pas. Les faits leurs donnaient raison. La mort, sournoise, était venue jusque dans notre impasse. Il n'existe aucun sanctuaire sur terre. Je vivais ici, dans cette ville, dans ce pays. Je ne pouvais plus faire autrement. J'ai avancé avec les copains.

L'impasse était muette. On n'entendait que le bruit du gravier qui craquait sous nos chaussures. Les habitants étaient terrés chez eux comme des crapauds au fond de leurs trous. Il n'y avait pas un brin de vent. La nature s'était tue. Au bout du chemin, un taxi attendait, le moteur ronronnant. Francis nous a fait signe de monter. Le chauffeur avait des lunettes de soleil et une balafre sur la joue gauche. Il fumait du chanvre. Francis l'a salué, poing contre poing, à la manière des Rastas. La voiture a démarré, lentement. On avait à peine fait quelques mètres qu'elle s'est arrêtée, à l'entrée du pont Muha. Il y avait là le principal barrage du quartier, tenu par des jeunes du gang des « Sans Défaite ». Derrière une rangée de barbelés qui barraient la route, des pneus brûlaient. Une épaisse fumée noire nous empêchait de discerner ce qui se passait au milieu du pont. Un groupe de jeunes criaient, s'acharnaient à coups de battes de base-ball et de gros cailloux sur une masse noire au sol, inerte. Ils avaient l'air d'y prendre du plaisir. En nous apercevant, quelques membres du gang sont venus à notre rencontre. Francis les appelait tous par leurs prénoms. J'ai reconnu l'homme à la kalachnikov, celui qui était venu nous mettre en joue à la maison. Lorsqu'il nous a vus, Gino et moi, il a dit :

– Qu'est-ce qu'ils foutent là, ces deux blancs ?

– C'est bon, chef, ils sont avec nous, leurs mères sont tutsies, a dit Francis.

L'homme nous a examinés d'un air sceptique, a hésité. Il a passé quelques consignes aux autres et est monté à l'arrière de la voiture, à côté de nous, sa kalachnikov entre les jambes, le chargeur recouvert d'autocollants de Nelson Mandela, Martin Luther King et Gandhi.

– Roule, chauffeur ! a-t-il dit en frappant la tôle extérieure de la portière.

Un jeune a retiré les barbelés de la route. La voiture zigzaguait prudemment entre les pierres qui jonchaient le bitume. Les émanations de plastique brûlé nous piquaient les yeux et nous faisaient tousser. Arrivés au niveau du groupe qui s'agitait sur le pont, l'homme à la kalachnikov a ordonné au chauffeur de s'arrêter. Les membres du gang se sont écartés, hilares. Un frisson m'a parcouru. À leurs pieds, sur le goudron chaud, agonisait Attila, le cheval noir des Von Gotzen. Il était à l'endroit même où nous avions aperçu son ombre, une nuit d'orage, étendu sur le sol, les pattes brisées, le corps zébré de plaies sanguinolentes. Les jeunes s'étaient défoulés. Le cheval a relevé la tête et regardé dans ma direction. L'œil qui lui restait me fixait avec insistance. L'homme à la kalachnikov a sorti le canon de son arme par la fenêtre de la voiture, les jeunes se sont dispersés. Il a lancé : « Bassi ! Ça suffit ! », et la rafale est partie. J'ai sursauté. Armand a agrippé mon short. La voiture a redémarré sous le regard des jeunes, visiblement déçus de perdre si vite l'attraction de leur journée.

Dans le quartier de Kabondo, le véhicule a bifurqué sur une piste cahoteuse qui longeait la rivière.

– Tu es le fils de l'ambassadeur qui vient d'être tué ? a demandé l'homme à la kalache.

Armand a hoché la tête sans le regarder. Le taxi est arrivé sur un promontoire en latérite qui surplombait la rivière. D'immenses kapokiers entouraient le lieu. Nous sommes descendus de la voiture. D'autres jeunes du quartier se trouvaient là. Des fils de bonne famille que je prenais pour de gentils étudiants étaient armés de bâtons et de pierres. Un homme, salement amoché, gisait au sol. La poussière rouge recouvrait son visage et ses vêtements, se mélangeait au sang coagulé qui coulait d'une plaie sur le haut de son crâne.

L'homme à la kalachnikov, que les autres appelaient Clapton, a pris Armand par le bras et lui a dit :

– Ce Hutu est l'un des assassins de ton père.

Armand n'a pas bougé. Clapton a frappé l'homme le premier et les autres l'ont imité. Les coups pleuvaient. Gino et Francis, poussés par l'excitation, se sont mêlés à la meute. Au même moment, une moto est arrivée à toute allure et deux hommes portant des casques à visière en sont descendus.

– C'est le boss, a dit Clapton, et toute la bande s'est arrêtée de frapper.

Francis s'est tourné vers Armand et moi pour nous annoncer fièrement :

– Eh, les gars, tenez-vous bien, c'est le chef des « Sans Défaite » en personne ! Vous allez halluciner !

Le passager de la moto a retiré son casque et l'a donné au chauffeur. Quand il m'a vu là, parmi les jeunes de son gang, en pleine journée ville morte, à côté de cet homme gémissant à terre, j'imagine qu'il n'en a pas cru ses yeux, Innocent. Il a souri.

– Tiens, Gaby. Content de te voir parmi nous.

Je n'ai pas répondu. J'étais debout, je serrais les dents et les poings.

Ensuite, les jeunes du gang ont attaché l'homme à terre en ligotant ses bras derrière son dos. Il s'est débattu comme il pouvait, ils ont dû s'y mettre à plusieurs pour réussir à l'immobiliser. Dans la confusion, sa carte d'identité a glissé de sa poche, est tombée dans la poussière. Après l'avoir attaché, les hommes l'ont porté dans le taxi. Le chauffeur à la cicatrice a pris un bidon d'essence dans le coffre et en a versé sur les sièges de la voiture et sur le capot avant de fermer les portières. L'homme hurlait sans s'arrêter, terrifié, nous suppliant de l'épargner. Innocent a sorti un briquet de sa poche. J'ai reconnu le Zippo de Jacques, celui qu'on lui avait volé à mon anniversaire, quelque temps avant la guerre, celui en argent avec les cerfs gravés dessus. Innocent a tendu la flamme à Armand.

– Si tu veux venger ton père...

Armand a reculé, avec une grimace affreuse, il disait non de la tête. Alors Clapton s'est approché :

– Chef, laisse plutôt le petit Français nous prouver qu'il est bien avec nous.

Innocent a souri, étonné de ne pas avoir eu l'idée lui-même. Il s'est approché de moi, le Zippo allumé à la main. Mes tempes et mon cœur battaient à tout rompre. J'ai tourné la tête à droite, à gauche, pour trouver de l'aide. J'ai cherché Gino et Francis dans le groupe. En croisant leur regard, j'ai vu qu'ils portaient le même visage de mort que les autres. Innocent a refermé ma main sur le briquet. Il m'a ordonné de le jeter. L'homme qui était dans le taxi me regardait avec intensité. Mes oreilles bourdonnaient. Tout devenait confus. Les jeunes du gang me bousculaient, me frappaient, hurlaient près de mon visage. J'entendais les voix lointaines de Gino et Francis, des cris de fauves, des salves de haine fiévreuse. Clapton parlait de Papa et d'Ana. Je discernais difficilement ses menaces au milieu des appels au meurtre et du brouhaha ambiant. Innocent s'est énervé, a dit que si je ne le faisais pas, il irait lui-même dans l'impasse s'occuper de ma famille. Je voyais l'image paisible de Papa et Ana allongés sur le lit, devant la télévision. L'image de leur innocence, de toutes les innocences de ce monde qui se débattaient à marcher au bord des gouffres. Et j'avais pitié pour elles, pour moi, pour la pureté gâchée par la peur dévorante qui transforme tout en méchanceté, en haine, en mort. En lave. Tout était flou autour de moi, les vociférations s'amplifiaient. L'homme dans le taxi était un cheval presque mort. S'il n'existe aucun sanctuaire sur terre, y en a-t-il un ailleurs ?

J'ai lancé le Zippo et la voiture a pris feu. Un immense brasier s'est élevé vers le ciel, a léché les hautes branches des kapokiers. La fumée s'échappait par-dessus la cime des arbres. Les cris de l'homme déchiraient l'air. J'ai vomi sur mes chaussures, et entendu Gino et Francis me féliciter en me tapotant le dos. Armand pleurait. Il pleurait encore, recroquevillé comme un fœtus dans la poussière, bien après que tout le monde eut quitté le terrain. On s'est retrouvés seuls devant l'épave calcinée. Le lieu était calme, presque serein. La rivière coulait en bas. Il faisait quasiment nuit. J'ai aidé Armand à se relever. Il fallait que l'on rentre chez nous, à l'impasse. Avant de partir, j'ai fouillé la poussière, les cendres. J'ai retrouvé la carte d'identité de l'homme qui venait de mourir. Que j'avais tué.

30

Chère Laure,

Je ne veux plus être mécanicien. Il n'y a plus rien à réparer, plus rien à sauver, plus rien à comprendre.

Des jours et des nuits qu'il neige sur Bujumbura.

Des colombes s'exilent dans un ciel laiteux. Les enfants des rues décorent des sapins de mangues rouges, jaunes et vertes. Les paysans descendent tout schuss de la colline à la plaine, dévalent les grandes avenues dans des luges de fil de fer et de bambou. Le lac Tanganyika est une patinoire où des hippopotames albinos glissent sur leurs ventres mous.

Des jours et des nuits qu'il neige sur Bujumbura.

Les nuages sont des moutons dans une prairie d'azur. Les casernes des hôpitaux vides. Les prisons des écoles saupoudrées de chaux. La radio diffuse des chants d'oiseaux rares. Le peuple a sorti son drapeau blanc, se livre à des batailles de boules de neige dans des champs de coton. Les rires résonnent, déclenchent des avalanches de sucre glace dans la montagne.

Des jours et des nuits qu'il neige sur Bujumbura.

Le dos appuyé contre une pierre tombale, je partage une cigarette avec la vieille Rosalie sur la tombe d'Alphonse et

Pacifique. À six pieds sous la glace, je les entends réciter des poèmes d'amour pour les femmes qu'ils n'ont pas eu le temps d'aimer, fredonner des chansons d'amitié pour les camarades tombés au combat. Une buée de saison bleue s'échappe de ma bouche, se transforme en une myriade de papillons blancs.

Des jours et des nuits qu'il neige sur Bujumbura.

Les soûlards du cabaret boivent au grand jour un lait chaud dans des calices de porcelaine. Le ciel démesuré s'emplit d'étoiles, qui clignotent comme des illuminations de Times Square. Mes parents survolent une lune eucharistique, à l'arrière d'un traîneau tiré par des crocodiles givrés. À leur passage, Ana jette sur eux des poignées de sacs de riz humanitaire.

Des jours et des nuits qu'il neige sur Bujumbura. Te l'ai-je déjà dit ?

Les flocons se posent délicatement à la surface des choses, recouvrent l'infini, imprègnent le monde de leur blancheur absolue jusqu'au fond de nos cœurs d'ivoire. Il n'y a plus ni paradis ni enfer. Demain, les chiens se tairont. Les volcans dormiront. Le peuple votera blanc. Nos fantômes en robe de mariée s'en iront dans le frimas des rues. Nous serons immortels.

Depuis des jours et des nuits, il neige.

Bujumbura est immaculée.

Gaby

31

La guerre à Bujumbura s'était intensifiée. Le nombre de victimes était devenu si important que la situation au Burundi faisait désormais la une de l'actualité internationale.

Un matin, Papa a retrouvé le corps de Prothé dans le caniveau, devant chez Francis, criblé de cailloux. Gino a dit que ce n'était qu'un boy, il ne comprenait pas pourquoi je pleurais. Quand l'armée a attaqué Kamenge, on a perdu toute trace de Donatien. A-t-il lui aussi été tué ? A-t-il fui le pays, comme tant d'autres, en file indienne, un matelas sur la tête, un baluchon dans une main, ses enfants dans l'autre, simples fourmis dans les marées humaines qui coulaient le long des routes et des pistes d'Afrique en cette fin de vingtième siècle ?

Un ministre envoyé par Paris est arrivé à Bujumbura avec deux avions de rapatriement pour les ressortissants français. L'école a fermé du jour au lendemain. Papa nous a inscrits pour le départ. Une famille d'accueil nous attendait, Ana et moi, là-bas, quelque part en France, à neuf heures d'avion de notre impasse. Avant de partir, je suis retourné au Combi pour récupérer le télescope et le rapporter à Mme Economopoulos. Au moment de me dire au revoir, elle a filé vers sa bibliothèque et a déchiré une page d'un de ses livres. C'était un poème. Elle aurait préféré le recopier, mais on n'avait plus le temps de recopier des poèmes. Je devais partir. Elle m'a dit de garder ces mots en souvenir d'elle, que je les comprendrais plus tard, dans quelques années. Même après avoir refermé son lourd portail, j'entendais encore sa voix derrière moi me prodiguer d'intarissables conseils : prends garde au froid, veille sur tes jardins secrets, deviens riche de tes lectures, de tes rencontres, de tes amours, n'oublie jamais d'où tu viens...

Quand on quitte un endroit, on prend le temps de dire au revoir aux gens, aux choses et aux lieux qu'on a aimés. Je n'ai pas quitté le pays, je l'ai fui. J'ai laissé la porte grande ouverte derrière moi et je suis parti, sans me retourner. Je me souviens simplement de la petite main de Papa qui s'agitait au balcon de l'aéroport de Bujumbura.

Je vis depuis des années dans un pays en paix, où chaque ville possède tant de bibliothèques que plus personne ne les remarque. Un pays comme une impasse, où les bruits de la guerre et la fureur du monde nous parviennent de loin.

La nuit, me revient le parfum de mes rues d'enfance, le rythme calme des après-midi, le bruit rassurant de la pluie qui tambourine le toit de tôle. Il m'arrive de rêver ; je retrouve le chemin de ma grande maison au bord de la route de Rumonge. Elle n'a pas bougé. Les murs, les meubles, les pots de fleurs, tout est là. Et dans ces rêves que je fais la nuit d'un pays disparu, j'entends le chant des paons dans le jardin, l'appel du muezzin dans le lointain.

L'hiver, j'observe avec tristesse le marronnier effeuillé dans le square en bas de mon immeuble. J'imagine à sa place la puissante voûte des manguiers qui rafraîchissait mon quartier. Lors de mes insomnies, j'ouvre un petit coffre en bois caché sous le lit, des fragrances de souvenirs me submergent en regardant les photos de tonton Alphonse et de Pacifique, ce cliché de moi dans un arbre pris par Papa un jour de l'an, ce scarabée blanc et noir ramassé dans la forêt de la Kibira, les lettres parfumées de Laure, les bulletins de votes de l'élection de 1993 ramassés dans l'herbe avec Ana, une carte d'identité tachée de sang… J'enroule une tresse de Maman autour de mes doigts et je relis le poème de Jacques Roumain offert par Mme Economopoulos le jour de mon départ : « Si l'on est d'un pays, si l'on y est né, comme qui dirait : natif-natal, eh bien, on l'a dans les yeux, la peau, les mains, avec la chevelure de ses arbres, la chair de sa terre, les os de ses pierres, le sang de ses rivières, son ciel, sa saveur, ses hommes et ses femmes… »

Je tangue entre deux rives, mon âme a cette maladie-là. Des milliers de kilomètres me séparent de ma vie d'autrefois. Ce n'est pas la distance terrestre qui rend le voyage long, mais le temps qui s'est écoulé. J'étais d'un lieu, entouré de famille, d'amis, de connaissances et de chaleur. J'ai retrouvé l'endroit mais il est vide de ceux qui le peuplaient, qui lui donnaient vie, corps et chair. Mes souvenirs se superposent inutilement à ce que j'ai devant les yeux. Je pensais être exilé de mon pays. En revenant sur les traces de mon passé, j'ai compris que je l'étais de mon enfance. Ce qui me paraît bien plus cruel encore.

J'ai retrouvé l'impasse. Vingt ans plus tard. Elle a changé. Les grands arbres du quartier ont été rasés. Le soleil écrase les journées. Des murs de parpaings surmontés de tessons de bouteilles et de fil barbelé ont remplacé les haies colorées de bougainvilliers. L'impasse n'est plus qu'un morne couloir poussiéreux, ses habitants des anonymes confinés. Seul Armand vit toujours là, dans la grande maison familiale en brique blanche, au fond de l'impasse. Sa mère et ses sœurs se sont éparpillées aux quatre coins du monde, du Canada à la Suède, en passant par la Belgique. Quand je lui demande pourquoi il ne les a pas suivies, il me répond, avec son humour légendaire : « À chacun son asile ! Politique pour ceux qui partent, psychotique pour ceux qui restent. »

Armand est devenu un grand gaillard, cadre dirigeant d'une banque commerciale. Il a pris du ventre et des responsabilités. Le soir de mon retour, il insiste pour m'emmener au cabaret de l'impasse. « On ira dans les endroits branchés plus tard, je veux d'abord que tu t'immerges, sans escales, dans le pays réel. » La petite cahute est toujours là, avec son flamboyant desséché planté devant. La lune projette son ombre sur la terre battue. Ses petites fleurs bougent mollement dans la brise du soir. Le cabaret accueille quantité de bavards et de taiseux, gavés de quotidien et de désillusions. Dans la même obscurité qu'autrefois, les clients vident leurs cœurs et leurs bouteilles. Je m'assois sur un casier de bières, à côté d'Armand. Il me donne de vagues nouvelles de Francis, devenu pasteur d'une église évangélique. Les jumeaux et Gino ? Ils sont quelque part en Europe, mais il ne cherche pas à les retrouver. Moi non plus. À quoi bon ?

Il insiste pour que je lui raconte la vie que nous avons eue, Ana et moi, à notre arrivée en France. Je n'ose me plaindre en imaginant ce que lui a dû traverser pendant les quinze ans de guerre qui ont suivi notre départ. Je lui confie seulement, un peu gêné, que ma sœur ne veut plus jamais entendre parler du Burundi. On se tait. J'allume une cigarette. La flamme éclaire nos visages d'un carmin fugitif. Les années ont passé, on évite certains sujets. Comme la mort de mon père, tombé dans une embuscade, sur la route de Bugarama, quelques jours après notre départ. On ne parle pas non plus de l'assassinat du sien et de tout ce qui a suivi. Certaines blessures ne guérissent pas.

Dans l'obscurité du cabaret, j'ai l'impression d'un voyage à rebours. Les clients ont les mêmes conversations, les mêmes espoirs, les mêmes divagations que dans le passé. Ils parlent des élections qui se préparent, des accords de paix, de la crainte d'une nouvelle guerre civile, de leurs amours déçues, de l'augmentation du prix du sucre et du carburant. Seule nouveauté, j'entends parfois un téléphone portable sonner pour me rappeler que les temps ont bel et bien changé. Armand décapsule une quatrième bouteille. Nous rions sous une lune rousse, nous nous remémorons nos bêtises d'enfants, nos jours heureux. Je retrouve un peu de ce Burundi éternel que je croyais disparu. Une sensation agréable d'être revenu à la maison s'empare de moi. Dans cette obscurité, noyé sous le froissement des chuchotements des clients, je peine à discerner au loin un étrange filet de voix, réminiscence sonore qui s'insinue en moi. Est-ce l'effet de l'alcool ? Je me concentre. L'évocation disparaît. On ouvre de nouvelles bières. Armand me demande pourquoi je suis revenu. Je lui parle de l'appel téléphonique reçu quelques mois plus tôt, le jour de mon anniversaire, m'annonçant la disparition de Mme Economopoulos. Elle a rendu son dernier souffle dans sa sieste, un après-midi d'automne, face à la mer Égée, un roman sur les genoux. Rêvait-elle de ses orchidées ?

« Je suis venu récupérer des malles de livres qu'elle a laissées pour moi, ici, à Bujumbura. »

« Alors tu es revenu pour un tas de livres ? » Armand éclate de rire. J'en fais autant, l'absurdité de mon projet m'apparaît pour la première fois. Nous poursuivons notre discussion. Il me parle du coup d'État qui a suivi mon départ, de l'embargo que subit le pays, des longues années de guerre, des nouveaux riches, des mafias locales, des médias indépendants, des ONG qui emploient la moitié de la ville, des églises évangélistes qui fleurissent partout, du conflit ethnique qui a peu à peu disparu de la scène politique. La voix chantonne à nouveau à mon oreille. Je saisis le bras d'Armand. Je balbutie : « Tu entends... » Je me mords la lèvre. Je tremble. Armand pose sa main sur mon épaule. « Gaby, je ne savais pas comment te le dire. Je préférais que tu le découvres par toi-même. Elle vient ici tous les soirs depuis des années... » La voix, une voix d'outre-tombe, me pénètre les os. Murmure une histoire de taches au sol qui ne partent pas. Je bouscule des ombres, trébuche contre des casiers de bières, tâtonne dans le noir, m'approche du fond de la cabane. Recroquevillée sur le sol, dans l'angle de la pièce, elle tète au chalumeau un alcool artisanal. Je la retrouve vingt ans plus tard, qui ont compté cinquante sur son corps méconnaissable. Je me penche vers la vieille dame. J'ai l'impression qu'elle me reconnaît, à la façon dont elle me fixe à la lueur du briquet que j'approche de son visage. Avec une tendresse infinie, Maman pose délicatement sa main sur ma joue : « C'est toi, Christian ? »

J'ignore encore ce que je vais faire de ma vie. Pour l'instant, je compte rester ici, m'occuper de Maman, attendre qu'elle aille mieux.

Le jour se lève et j'ai envie de l'écrire. Je ne sais pas comment cette histoire finira. Mais je me souviens comment tout a commencé.

Ce volume a été composé
par INOVCOM

Cet ouvrage a été imprimé par
CPI Firmin Didot
pour le compte des Éditions Grasset
en novembre 2016

Grasset s'engage pour l'environnement en réduisant l'empreinte carbone de ses livres. Celle de cet exemplaire est de :
750 g éq. CO_2
Rendez-vous sur www.grasset-durable.fr

N° d'édition : 19660 - N° d'impression : 138605
Première édition, dépôt légal : août 2016
Nouveau tirage, dépôt légal : novembre 2016